TOUS

LES

MATINS

DU

MONDE

세상의 모든 아침

Tous les matins du monde
Pascal Quignard

Copyright ⓒ 1991 Éditions Gallimard
Korean Translation Copyright ⓒ 2013 by Moonji Publishing Co., Ltd.
All rights reserved.

This Korean edition was published by arrangement with Éditions Gallimard
through Sibylle Books Literary Agency, Seoul.

이 책의 한국어판 저작권은 시빌 에이전시를 통해 프랑스 Éditions Gallimard와
독점 계약한 ㈜**문학과지성사**에 있습니다.
저작권법에 의해 보호받는 저작물이므로 무단 전재 및 복제를 금합니다.

TOUS

LES

MATINS

DU

MONDE

세상의 모든 아침

파스칼 키냐르 지음 · 류재화 옮김

문학과지성사
2013

파스칼 키냐르 Pascal Quignard

1948년 프랑스 베르뇌유쉬르아브르(외르)에서 태어나, 1969년 첫 작품 『말 더듬는 존재』를 출간했다. 어린 시절 앓았던 자폐증과 68혁명의 열기, 에마뉘엘 레비나스·폴 리쾨르와 함께한 철학 공부, 뱅센 대학과 사회과학고등연구원에서의 강의 활동, 그리고 20여 년 가까이 계속된 갈리마르 출판사와의 인연 등이 그의 작품 곳곳의 독특하고 끔찍할 정도로 아름다운 문장과 조화를 이루고 있다. 죽음의 문턱까지 갔다가 귀환한 뒤 글쓰기 방식에 큰 변화를 겪고 쓴 첫 작품 『은밀한 생』으로 1998년 '문인 협회 춘계대상'을 받았으며, 『떠도는 그림자들』로 2002년 공쿠르 상의 영예를 안았다. 대표작으로 『로마의 테라스』 『혀끝에서 맴도는 이름』 『섹스와 공포』 『옛날에 대하여』 『심연들』 『빌라 아말리아』 『신비한 결속』 『부테스』 『눈물들』 『하룻낮의 행복』 등이 있다.

옮긴이 류재화

고려대학교 불어불문학과를 졸업하고 파리 3대학 소르본누벨에서 파스칼 키냐르에 관한 논문으로 박사학위를 받았다. 고려대학교 등에 출강하고 있다. 『심연들』 『보다 듣다 읽다』 『오늘날의 토테미즘』 『달의 이면』 『레비스트로스의 말』 『클레브 공작부인』 『달몰이』 『고슴도치의 우아함』 등을 우리말로 옮겼다.

파스칼 키냐르 장편소설

세상의 모든 아침

제1판 1쇄 2013년 8월 27일
제1판 11쇄 2025년 3월 7일

지은이 파스칼 키냐르
옮긴이 류재화
펴낸이 이광호
펴낸곳 ㈜**문학과지성사**
등록번호 제1993-000098호
주소 04034 서울 마포구 잔다리로7길 18(서교동 377-20)
전화 02) 338-7224
팩스 02) 323-4180(편집) / 02) 338-7221(영업)
전자우편 moonji@moonji.com
홈페이지 www.moonji.com

ISBN 978-89-320-2441-7

차례

세상의 모든 아침   7

옮긴이의 말 "세상의 모든 아침은 다시 오지 않는다"
——현재진행형의 상실, 그 쾌감   124
작가 연보   135
작품 목록   152

일러두기

1. 이 책은 Pascal Quignard의 *Tous les matins du monde*(Paris: Éditions Gallimard, coll. folio, 2010)를 우리말로 옮긴 것이다.
2. 파스칼 키냐르의 원문에는 주가 없다. 본문의 주는 옮긴이의 것이다.
3. 맞춤법과 외래어 표기는 1989년 3월 1일부터 시행된 「한글 맞춤법 규정」과 『문교부 편수자료』, 『표준국어대사전』(국립국어연구원)을 따랐다.

제1장

    1650년 봄, 생트 콜롱브 부인이 죽었다. 부인은 두 살과 여섯 살 난 두 딸아이를 남겼다. 생트 콜롱브 씨는 아내의 죽음이 사무쳤다. 그는 아내를 무척 사랑했다. 그가 「회한의 무덤」을 작곡한 것은 아내의 죽음 때문이었다.
    그는 두 딸아이와 함께 비에브르 강이 내다뵈는 정원이 딸린 집에서 살았다. 정원은 좁고 강가에 이르러 끝이 났다. 강가에는 버드나무와 나룻배가 있었다. 생트 콜롱브 씨는 날씨가 좋은 날이면 저녁마다 거기 가서 앉아 있곤 했다. 그는 부자는 아니었지만 가난을 불평할 정도는 아니었다. 베리에 조그마한 토지가 있었는데, 거기서 약간의 포도주와 수입이 나왔다. 그것을 포목이나 가끔은 사냥감과 바꾸어 생활했다. 사냥에 서툴렀던 그는 계곡 숲을 질주하는 것을 무척이나 싫어했다. 제자들이 내는 돈으로 수입을 충당했고, 당시 런던과 파리에서 선풍적인 인기가 있었던 비올라 다 감바*를 가르쳤다. 그는 꽤 이름난 선생이었다. 그에게는 하인 둘과 아이들을 돌보는 찬모가 있었다. 포르루아얄 회원인 뷔르 씨가 아이들에게 글자와 숫자, 성인전과 그 이해를 돕는 기초 라틴어를 가르쳤다. 뷔르 씨는 생도미니크당페르 골목에서 살았다. 생트 콜롱브 씨에게 뷔르 씨를 추천한 것은 퐁카레

---

* viola da gamba: 16~18세기에 유럽에서 널리 사용된 현악기로 '다리 사이에 놓고 연주하는 비올라'라는 뜻이다. 원문에는 'viole'이라고 되어 있는데, 'viola da gamba'의 프랑스식 표현이다. 그 기원은 확실하지 않으나 16세기 스페인의 비우엘라 데 마노, 비우엘라 데 아르코를 거치고 이탈리아의 비올라 다 감바로 이어져 유럽 전역에 퍼진 것으로 보인다. 프랑스에서는 이른바 거장시대(1660~1740) 동안 생트 콜롱브, 루소, 마레 등이 주요 연주가였다. 비올라 다 감바는 오늘날에도 다시 부활되어 연주되고 있는데, 영화 「세상의 모든 아침」의 음악을 맡은 조르디 사발이 대표적인 명장으로 파스칼 키냐르의 친구이다.

부인이었다. 생트 콜롱브 씨는 딸들이 무엇이든 쉽게 받아들이는 어린 나이일 때부터 음과 음표를 가르쳤다. 아이들은 제법 노래를 잘 불렀고 실제로 음악에 재능이 있었다. 투아네트가 다섯 살, 마들렌이 아홉 살 때 세 사람은 삼중창을 하기도 했는데, 어려운 대목이 나와도 그것을 멋들어지게 해결해나가는 아이들이 생트 콜롱브 씨는 대견했다. 아이들 얼굴에 엄마 얼굴이 없었던 것은 아니지만, 아이들은 생트 콜롱브 씨를 더 많이 닮았다. 아이들 엄마에 대한 추억은 그의 마음속에 고스란히 남아 있었다. 3년이 지났는데도 아내의 모습이 눈앞에 어른거렸다. 5년이 지났는데도 아내의 목소리가 귓가에 맴돌았다. 그는 거의 말이 없었다. 파리에도, 주이에도 가지 않았다. 생트 콜롱브 부인이 죽은 지 2년 후 그는 말을 팔았다. 그는 아내의 임종을 지키지 못한 것을 후회했다. 그때 그는 친구 보클랭의 침대 머리맡에 있었다. 보클랭은 쥐제산 포도주 몇 모금, 그리고 음악과 함께 죽기를 소원했다. 점심 식사를 마치고 이 친구는 세상을 떠났다. 사브뢰 씨의 마차를 타고 집으로 돌아왔을 때는 이미 자정이 넘은 시각이었다. 생트 콜롱브 부인은 이미 수의가 입혀진 채, 촛대와 눈물에 둘러싸여 있었다. 그는 입을 열지 않았고 그 누구와도 눈을 마주치지 않았다. 파리까지 가는 길은 돌이 깔려 있지 않아 성내까지 들어가는 데 걸어서 두 시간은 족히 걸렸다. 생트 콜롱브는 집 안에 틀어박혔고 음악에만 몰두했다. 그는 여러 해 동안 비올라 다 감바를 연구했고, 꽤 유명한 선생이 되었다. 아내가 죽고 계절이 두 번 바뀌는 동안 하루에 열다섯 시간씩 연습했다. 그는 쉴리 경 시절 심은 커다란 뽕나무 가지를 베어다 정원에 오두막을 지었다. 오두막 계단은 네 개면 충분했다. 오두막에서 연습하면 아이들의 수업과 놀이를 방해하지 않을 수 있었고, 찬모 귀뇨트가 아이들을 다 재운 후에도 연습에 몰입할 수 있었다. 그는 음악이 두 아이의 대화에 방해가 된다고 생각했다. 아이들은 잠들기 전 어둠 속에서 조잘거리곤 했다. 그는 비올라 다 감바를 장딴지에 대지 않고 양 무릎 사이에 놓는 다른 방식을 찾아냈다. 훨씬 더 무게감을 실어주고, 훨씬 더 우울한 톤을 만들기 위해 그는 저음의 현을 하나 덧붙였다. 손의 무게감을 덜어주고, 검지와 중지만 사용해 말총 활 위에 살짝만 힘을 실어주는 활 기법을 고안했다. 그것은 아주 탁월한 기교를 만들어냈다. 그의 제자 가운데 하나인 콤르 블랑은 그가 인간 목소리의 모든 굴곡을 모방하기에 이르렀다고 말했다. 가령 젊은 여인의 탄식에서부터 중년 남성의 오열까지. 앙리 드 나바르의 전장에서의 외침부터 그림 그리는 데 열중하는 아이들의 부드러운 숨소리까지. 성욕을 불러일으키는 거친 헐떡임부터, 기도에 몰입한 한 남자의 장식음 거의 없는, 무음에 가까운 저음까지.

제2장

　날씨가 추워지면서 생트 콜롱브 씨네 집으로 가는 길은 진창으로 변해버렸다. 생트 콜롱브는 파리를, 포석 위를 따그닥따그닥거리는 말발굽 소리를, 박차 부딪치는 소리를, 사륜마차 차축들이 내는 금속성 소리를 혐오했다. 그는 괴벽이 있었다. 촛대 바닥으로 사슴벌레와 풍뎅이를 누르면 일정하게 가해지는 금속의 압력으로 벌레들의 아래턱 혹은 앞날개가 천천히 으깨지면서 독특한 소리가 났다. 어린 딸들은 아버지가 그러는 걸 보기를 좋아했다.

아버지에게 무당벌레를 잡아서 가져다주기까지 했다.

그는 사람들이 묘사하는 것만큼 그렇게 차가운 사람은 아니었다. 감정 표현에 서툴렀을 뿐이다. 가령 아이들이 와락 달려들면 다정다감한 몸짓을 어떻게 해야 하는지 몰랐다. 보쟁 씨와 랑슬로 씨를 제외하곤 지속적으로 만나는 사람이 없었다. 클로드 랑슬로와는 동반 수학했고, 퐁카레 부인이 살롱을 열 때면 가끔 그를 거기서 보기도 했다. 용모를 보자면, 그는 키가 크고, 가시처럼 바싹 마르고, 피부는 마르멜로 열매처럼 노르스름하고 까칠했다. 등을 늘 꼿꼿하게 세우고 있었고, 시선은 늘 어딘가를 응시했으며, 양 입술은 꽉 다물고 있었다. 근심거리가 많았지만 나름 유쾌하게 즐길 줄 알았다.

그는 포도주를 마시면서 딸들과 카드놀이 하는 것을 좋아했다. 매일 저녁 아르덴산 도제 파이프로 담배를 피웠다. 유행을 쫓는 데는 열심이지 않았다. 전시(戰時)처럼 검은 머리를 뒤로 틀어 묶고 있었고, 외출할 때면 목둘레에 프레이즈*를 둘렀다. 젊은 시절에는 선왕을 알현했는데, 이유는 모르겠지만, 그 이후로는 루브르에도, 옛 궁인 생제르맹에도 더는 발을 들여놓지 않았다. 그는 늘 검은색 옷만 입었다. 온화할 때는 온화하다가 화를 낼 때는 격렬했다. 밤에 울음소리가 들리면 아이들 방으로 가, 손에 든 초를 선반 위에 올려놓고 두 딸 사이에 무릎을 꿇고 앉아 노래를 불러주었다.

솔라 비베바트 인 안트리스 막달레나
루겐스 에트 수스피란스 디에 악 녹테……

혹은,

그는 가난하게 죽었네, 나는 그가 죽은 듯 사네.
황금은 왕께서 아직도 노니시는 대리석 궁전에서 자네.

가끔 아이들이, 특히 투아네트가 물었다.
"엄마는 어떤 사람이었어요?"

* 주름 장식 깃.

그러면 그는 금세 표정이 어두워졌고, 한마디도 하지 않았다. 어느 날 그가 아이들에게 말했다.

"착하고 얌전하게 자라야 한다. 열심히 공부해야 하고. 너희 둘 다 잘하고 있어, 특히 마들렌은. 나도 너희들 엄마가 보고 싶구나. 엄마와의 추억이 내겐 한 조각 기쁨이지."

한번은 아이들한테 말이 없어 미안하다고 했다. 아이들 엄마는 딸들과 대화도 나누고 잘 웃어줄 줄도 알았다. 그는 언어에 대한 애착이 거의 없었다. 가령 그는 사람들과 어울린다든가, 책을 읽는다든가, 대화를 나누는 일에서도 기쁨을 얻지 못했다. 보클랭 데 이브토의 시와 그의 옛 친구들의 시도 한 번도 전적으로 흡족한 적이 없었다. 그는 추기경단을 호위했던 라 프티티에르 씨와 친분을 맺고 있었는데, 이분은 홀로된 후, 마랭 마레 아버지를 대신하여 추기경들의 구두 제조인으로 일했다. 회화에 대해서도 보쟁* 씨의 그림을 제외하곤 마찬가지였

---

* 뤼뱅 보쟁(Lubin Baugin, 1610~1663): 17세기 프랑스의 화가. 처음에는 정물화를, 이어 이탈리아풍의 그림을, 마지막에는 준엄한 고전주의

다. 생트 콜롱브는 샹파뉴* 씨의 그림에 대해서도 호의적인 평가를 하지 않았다. 그의 그림은 깊다기보다는 슬프고, 소박하기보다는 빈약해 보였다. 생트 콜롱브 씨는 건축, 조각, 메카닉 아트,** 종교에 대해서도 퐁카레 부인과 마찬가지의 견해를 갖고 있었다. 퐁카레 부인이 류트와 티오르바를 매우 뛰어나게 연주한 것은 사실이었다. 또한 이런 재능을 신에게 오롯이 바치지 않은 것도 사실이었다. 부인은 음악이 없어 견딜 수 없으면 생트 콜롱브에게 사륜마차를 보내 자기 집으로 오게 했고, 지쳐 앞이 보이지 않을 때까지 티오르바로 그의 연주에 반주를 넣곤 했다. 그녀는 프랑수아 1세 때의 검은 비올라 다 감바를 소유하고 있었고, 생트 콜롱브는 그것을 마치 이집트의 우상처럼 소중하게 다루었다.

그는 이유 없이 분노에 휩싸이기 일쑤였고, 이것은

풍의 그림을 즐겨 그렸다.
* 필리프 드 샹파뉴(Philippe de Champaigne, 1602~1674) : 플랑드르 태생의 프랑스 화가. 루이 13세의 궁정화가로 왕실 초상화와 종교화로 명성을 얻었다.
** 서양의 고대 및 중세에서 비롯된 학술로 양모 제조, 무장 및 병기, 농업, 수렵, 의학, 연극 등의 자유 기술 학문을 뜻한다.

어린 자식들의 영혼에 끔찍한 공포심을 불러일으켰다. 감정이 폭발하면 그는 숨이 막히는 듯 "아! 아!" 하고 소리를 지르며 가구들을 부숴댔다. 홀아비 밑에서 제대로 교육받지 못했다는 소리를 들을까 봐 그는 아이들에게 많은 것을 요구했다. 아이들에게 엄격했고 벌에도 인색하지 않았다. 그러나 아이들에게 손을 댄다거나 매를 드는 일은 하지 않았다. 하지만 지하 저장실이나 창고에 아이들을 가둬놓고 잠시 잊어버리는 일은 있었다. 그럴 때면 찬모 귀뇨트가 가서 아이들을 꺼내주곤 했다.

마들렌은 절대 불평하지 않았다. 아버지가 화낼 때마다 전복되어 있다가 예고 없이 흘러가는 배처럼 있었다. 먹지도 않고 침묵 속으로 물러나 있었다. 하지만 투아네트는 반항했고, 아버지에게 대들고 쫓아다니면서 소리를 질렀다. 아이는 자라면서 생트 콜롱브 부인의 성격을 닮아갔다. 마들렌은 겁에 질려 코가 납작해진 나머지 아무 소리도 내지 않았고 수프에 숟가락을 대는 것조차 거부했다. 더군다나 아이들은 아버지를 거의 보지 못했다. 아이들은 주로 귀뇨트, 파르두 씨, 뷔르 씨와 함께 생활했다. 혹은 예배당 제실에 가서 조각상을 닦거나 거미줄을 떼고 꽃들을 갖다놓곤 했다. 랑그도크 출신인 귀노트는 긴 머리카락을 늘 등에 늘어뜨리고 다녔고, 아이들에게 나뭇가지를 잘라 낚싯대를 만들어주곤 했다. 세 사람은 실, 낚싯바늘, 머리카락 마는 종이를 묶어 낚싯대가 입질하는 것을 보았고, 화창한 날이면 치마를 걷어 올리고 물밑 개흙에 맨발을 집어넣었다. 비에브르 강에서 저녁에 튀겨 먹을 잔챙이 물고기들을 잡아 냄비에 넣고 밀가루를 조금 뿌린 다음, 생트 콜롱브 씨의 포도밭에서 수확한 포도주로 만든 시큼한 식초를 섞었다. 이들이 이러는 동안 음악가는 오두막에 틀어박혀 제노바산 낡은 벨벳 천 조각을 씌운 앉은뱅이 의자 위에서 엉덩이가 닳도록 시간을 보냈다. 생트 콜롱브는 이곳을 자신의 '보르드'라고 불렀다. 보르드는 버드나무 아래 물이 흐르는 축축한 가장자리를 가리키는 옛말이다. 뽕나무 위에서, 버드나무를 앞에 둔 채, 머리를 꼿꼿이 세우고, 입술은 꽉 다물고, 상체는 악기에 숙이고, 손은 금속 지판 위에서 노닐며 숱한 연습을 통해 실기에 완벽을 기했다. 선율이,

혹은 탄식이 그의 손가락 아래에서 흘러나왔다. 선율이 다시 생각날 때면, 온통 정신이 거기에 쏠려 있을 때면, 선율이 그의 고독한 침대 속까지 따라와 그를 몹시 괴롭힐 때면 얼른 붉은 음악 노트를 펼쳐 적기 시작했다.

제3장

큰딸이 비올라 다 감바 교습을 받을 수 있을 정도로 키가 크자 그는 비올라 다 감바의 조율, 화음, 분산 화음, 꾸밈음 등을 가르쳤다. 다혈질에다 돌풍 같은 성격의 작은딸은 순종적인 언니와는 달리 아버지가 지키고 싶은 체면을 거부했다. 금식 혹은 지하실 감금도 투아네트를 진정시키지 못했고, 아이의 들끓는 화를 가라앉히지 못했다.

어느 날 아침, 생트 콜롱브 씨는 동트기도 전에 일

어나 강줄기를 따라 비에브르 강가로 갔다. 강줄기는 센 강을 거쳐 도핀 다리까지 이어졌다. 그는 현악기 제조자인 파르두 씨와 하루 종일 담소를 나누었다. 그와 악기 도면을 그려보고, 치수를 재보다 날이 저물어서야 돌아왔다. 부활절 예배당 종소리가 울릴 때, 투아네트는 정원에서 회색 서지 천에 유령처럼 싸인 이상한 종을 발견했다. 투아네트는 천을 들어 올렸고, 아주 작은 크기의 비올라 다 감바를 보았다. 아버지, 언니 것과 똑같은 것이었다. 감탄사가 절로 나왔다. 악기는 갓 태어난 나귀 새끼처럼 작았다. 투아네트는 기뻐서 어쩔 줄 몰랐다.

아이의 얼굴은 우윳빛처럼 하얘졌고, 행복에 겨운 나머지 아버지 무릎에 얼굴을 파묻고 울었다. 생트 콜롱브 씨의 성격과 어눌한 말솜씨는 극도의 수줍음에서 나온 것이었고, 무엇을 느끼든 간에 그의 얼굴은 무표정이고 심각했다. 이런 얼굴과 움직임이 적은, 경직된 몸짓 뒤에는 복잡 미묘한 세계가 감추어져 있었고, 이것은 오로지 그의 음악을 통해서만 읽혔다. 그는 포도주를 마시며 자신의 푸르푸앵* 속에 얼굴을 파묻고 있는 딸아이의 머리를 쓰다듬었다. 아이의 등이 흔들렸다.

생트 콜롱브 가족의 비올라 다 감바 삼중주는 금세 유명해졌다. 젊은 영주들과 생트 콜롱브 씨에게 비올라 다 감바를 배운 부르주아 자제들은 이들의 연주회에 참석하기를 열렬히 희망했다. 음악협회 소속 음악가들이나 생트 콜롱브를 존경해 마지않던 사람들도 연주회에 왔다. 연주회는 저녁 예배 시간에 시작해 네 시간 동안 계속되었고, 15일에 한 번씩 열렸다. 생트 콜롱브는 연주회 때마다 새로운 작품을 선보이려 애썼고, 그 자리에 참석한 사람들 중 한 사람이라도 몇 가지 테마곡을 요청하면 아버지와 딸들은 친히, 즉흥적으로 아주 난해한 비올라 다 감바 삼중주곡을 연주했다.

---

* pourpoint: 몸에 꼭 끼는 남자 저고리의 일종.

제4장

　케네 씨와 샹보니에르 씨는 이 음악협회 소속으로, 생트 콜롱브 가족을 대단히 칭송했다. 영주들도 이 가족에 흥분했다. 진창길 위에는 말들은 물론 15대의 사륜 포장마차가 정차해 있었다. 주이나 트라프로 가는 여행객들과 상인들의 진로를 방해할 정도였다. 왕은 생트 콜롱브 씨에 대한 칭찬을 귀에 못이 박히게 들은지라 이 음악가와 딸들의 연주를 듣고 싶어했다. 왕은 케네 씨를 급히 보냈다. 케네 씨는 루이 14세가 총애하는 비올라 다 감바 연주자로, 왕실 실내악단 소속이었다. 투아네트가 잽싸게 달려와 대문을 열어주었고, 케네 씨를 정원으로 안내했다. 생트 콜롱브 씨는 자신의 은둔생활을 방해하러 온 것에 화가 나 파랗게 질린 얼굴로 오두막 네 계단을 밟고 내려왔다.

케네 씨는 모자를 다시 쓰면서 말했다.

"선생께서는 폐허와 침묵 속에 살고 계시는군요. 이런 야생을 다들 부러워하지요. 선생을 에워싸고 있는 이 푸르디푸른 숲이 어찌 부럽지 않을 수 있겠습니까?"

생트 콜롱브 씨는 꾹 다문 입으로 그를 쳐다보았다.

"선생," 케네 씨가 다시 말했다. "폐하께서는 비올라 다 감바계의 거장이신 선생을 궁정 음악가로 초빙하고 싶어 하십니다. 선생의 음악을 듣고 싶다는 소망을 피력하셨습니다. 흡족하시면, 실내악단들 가운데로 모실 겁니다. 그리하면 저 또한 선생 곁에 있게 될 영광을 누리는 거지요."

생트 콜롱브 씨는 자기는 나이가 많고 홀아비여서 안 된다고 했다. 두 딸아이를 책임져야 하고, 자신은 그 어떤 이보다 개인의 생활이 중요하며, 또한 사교계를 혐오한다고 했다.

"여보시오, 나는 내 인생을 뽕나무 회색 나무판자에 맡겼소. 비올라 다 감바 7현의 소리와 내 두 딸아이에게 맡겼소. 추억이 내 친구들이오. 버드나무가 있고, 강물이 흐르고, 잉어와 모샘치가 뛰어놀고, 딱총나무 꽃들이 피어 있는 곳이 내 궁이오. 궁에 가서 폐하께 아뢰시오. 35년 전 아버지 선왕 때는 있었던 야생의 것이 지금 폐하의 궁에는 전혀 없다고 말이오."

"선생," 케녜 씨가 대답했다. "제 말을 이해하지 못하시는군요. 전 왕실 실내악단 소속입니다. 폐하의 희망 사항은 곧 왕명입니다."

생트 콜롱브 씨의 얼굴은 붉으락푸르락해졌고 눈은 분노로 이글거렸다. 그자를 한 대 치기라도 할 듯 앞으로 나왔다.

"나는 그 어디에도 소속되어 있지 않소. 오로지 나 자신에게만 소속되어 있소. 폐하께서 나같이 미천한 사람에게 눈길을 주시다니 관대함이 지나치다 전하시오."

생트 콜롱브 씨는 이렇게 말하면서 케녜 씨의 몸을 집 쪽으로 돌려세웠다. 그들은 인사를 나누었다. 생트 콜롱브 씨는 자신의 오두막으로 다시 돌아갔고, 투아네트는 닭장으로 갔다. 닭장은 비에브르 강을 끼고 둘러쳐진 담벼락 구석에 있었다. 케녜 씨는 모자와 칼을 차고 모이를 쪼아대는 칠면조와 노란 햇병아리들을 장화로 쫓으며 오두막 쪽으로 다시 갔다. 그리고 오두막 나무판자 아래에 슬그머니 몸을 밀어 넣었다. 그리고 풀 속에, 나무 밑동 그늘 속에 앉아 그의 연주를 들었다. 이어 아무도 보지 않게 그곳을 떠나 루브르에 당도했다. 왕에게 그 음악가가 내세운 이유들을 보고했고, 본인이 엿들은 음악은 경이로우면서도 난해한 인상이 들었다고 말했다.

제5장

 왕은 생트 콜롱브 씨를 소유하지 못하는 게 불만이었다. 궁정 사람들은 기교가 탁월한 그의 즉흥 연주 솜씨를 계속해서 칭찬했다. 왕은 그가 자신의 명령에 복종하지 않는 것이 불쾌했고, 이 불쾌감은 그가 자신 앞에서 연주하는 것을 보고야 말겠다는 안달로 변했다. 왕은 마티외 수사를 대동시켜 케네 씨를 다시 보냈다.
 그들이 탄 사륜마차에는 두 기마 장교가 따라붙었다. 마티외 수사는 새틴 천의 검은 복장에 작은 레이스 프레이즈를 하고 가슴에는 커다란 다이아몬드 십자가를 차고 있었다.

마들렌이 그들을 거실로 안내했다. 마티외 수사는 벽난로 앞에서 뭉툭한 은 손잡이가 달린 붉은색 나무 지팡이 위에 반지 낀 양손을 올려놓고 있었고, 생트 콜롱브 씨는 정원이 보이는 긴 창문 앞의 좁고 긴 의자 등받이 위에 손을 올려놓고 있었다. 마티외 수사가 먼저 입을 열었다.

"고대의 음악가와 시인들은 영광을 중시했소. 황제와 왕자들이 그들을 멀리하면 슬퍼했지요. 당신은 당신의 이름을 칠면조, 닭, 병아리 들 속에 파묻어놓고 있군요. 당신은 우리 주님께서 주신 재능을 먼지와 오만한 고뇌 속에 감추고 있단 말이오. 당신의 명성은 왕과 궁에까지 알려졌소. 이제 당신은 그 천 옷을 불태우고, 국왕의 은공을 받들고 페뤼크*를 써야 할 때요. 당신의 프레이

---

* perruque: 장식과 미용을 위한 남성용 및 여성용 가발. 프랑스에서는 특히 루이 14세 때 크게 유행했다. 사회적 신분이 높은 자들은 거의 의무적으로 썼다.

즈는 한물갔소."

"이봐요, 한물간 건 나요." 자신의 옷차림에 대한 지적에 화가 난 생트 콜롱브는 버럭 소리를 질렀다. "당신이나 폐하께 감사한 마음을 가지시오. 난 폐하께서 내게 주시겠다는 황금보다 내 손에 드리우는 이 햇살이 더 좋소. 당신의 2절판 페뤼크보다 내 천 옷이 더 좋소. 왕의 바이올린보다 내 암탉들이 더 좋고, 당신보다 내 돼지들이 더 좋소."

"여보시오!"

생트 콜롱브 씨는 의자를 흔들더니 그들 머리 위로 들어올렸다. 그리고 또다시 소리를 질렀다.

"당장 나가시오! 나한테 더 이상 아무 말도 하지 말고! 아니면 이 의자를 당신들 머리 위에 던져 부숴버리겠소."

투아네트와 마들렌은 아버지의 모습에 놀라 아버지의 팔을 붙잡고 머리 위로 올린 의자를 끌어내렸다. 감정을 주체하지 못하는 아버지가 두려웠다. 마티외 수사는 겁에 질린 것 같아 보이지는 않았다. 그는 지팡이로 마룻

바닥을 탁탁 두드리며 이렇게 말했다.

"당신은 이 나무판자 오두막에서 생쥐처럼 말라 비틀어 죽을 거요. 아무도 모른 채 말이오."

생트 콜롱브 씨는 의자를 휙 돌려 벽난로 선반 위에 내리쳤다. 그리고 또다시 고함을 질렀다.

"당신 궁궐은 내 오두막보다 작고, 당신 대중은 단 한 사람보다 못하오."

마티외 수사는 손가락으로 다이아몬드 십자가를 만지작거리며 생트 콜롱브에게 다가와서는 말했다.

"당신은 파리 혐오감에, 이 촌구석에서, 이 진흙탕 속에서 썩어갈 거요. 당신 개울물에나 확 빠져 죽으쇼."

생트 콜롱브 씨의 얼굴은 종잇장처럼 하얘졌다. 몸이 부들부들 떨렸고, 잠시 의자라도 잡고 싶었다. 케녜 씨와 투아네트가 그에게 다가갔다. 생트 콜롱브 씨는 호흡을 가다듬느라 다시 손으로 의자 등받이를 짚었고, "아!"를 숨죽이듯 토했다. 투아네트는 아버지의 손가락을 풀었고, 두 사람은 그를 자리에 앉혔다. 케녜 씨는 장갑을 끼고 모자를 다시 썼다. 한편 수사는 그를 고집쟁이 늙은이로 치부하며, 소름 끼칠 정도로 침착하고 낮은 목소리로 말했다.

"당신은 물에 빠진 사람이오. 그러니 어서 손을 내밀란 말이오. 당신이 빠진 것도 모자라 다른 사람들까지 빠뜨릴 거요?"

수사의 목소리는 느리면서도 거칠게 떨렸다. 수사와 케녜 씨가 이 사실을 보고하자 왕은 미루어 짐작하는 바가 있었다. 왕은 그 음악가를 그냥 조용히 놔두라고 했다. 그는 다루기 힘든 자이며, 포르루아얄 회원들과 깊은 관련이 있다고 생각했기 때문이다.* 아직은 왕이 포르루아얄파를 해산시키기 전이었다.

---

* 포르루아얄파는 17~18세기 프랑스에서 전개된 얀센 운동의 주동자들이다. 이들은 포르루아얄데상에 있는 수도원과 그 일대 폐허에 은둔하며 당시 기독교 기득권층과 루이 14세 절대 왕정파에 반감을 품었다. 얀센주의자들은 당시 지나치게 속물화된 프랑스 기독교에 맞서 초기 기독교 교회의 엄격성으로 돌아갈 것을 부르짖었다. 인간 본성에 대한 이들의 깊은 통찰은 인간의 자유의지를 부정하는 비관주파로 오해되었고, 자기 존재에 대한 불안의식은 인간을 지나치게 냉소적으로, 절망적으로 만든다는 비판을 받았다. 당시 거의 무신론에 가까웠던 얀센주의는 인간의 자유의지도, 이성도, 사랑도 믿지 않았다.

제6장

 몇 년간 이들은 평화 속에서 음악을 위해 살았다. 투아네트는 작은 비올라 다 감바를 떼고 한 달에 한 번 그날이 오면 양다리 사이에 리넨 천을 대었다. 생트 콜롱브 씨가 협회 동료 음악가들을 초청하여 계절마다 열었던 연주회는 이제 없었다. 그때는 그들을 존중해 초대했다. 물론 그때도 베르사유 영주들과 왕의 환심을 사 신분 상승한 부르주아들은 초대하지 않았다. 그가 붉은 가죽 장정 노트에 새로운 곡을 적는 일도 점점 줄어들었다. 그는 작품의 출판도, 대중의 평가도 원치 않았다. 그는 자신의 음악이 이제 완성된 작품이 아닌 순간적 동기들만 있는, 일종의 즉흥곡이 될 것이라고 말했다. 마들렌은 더욱 아름다워졌다. 매우 가녀리면서도 호기심 가득한 얼굴이었지만, 이유를 알 수 없는 어떤 불안함 같은 게 늘 서려 있었다. 투아네트는 밝고 쾌활했으며, 풍부한 상상력과 재능을 갖춘 처녀로 성장했다.

생트 콜롱브 씨는 기분이 좋고 시간이 나는 날에는 강가에 대놓은 나룻배로 가서 강물을 바라보며 몽상에 잠겼다. 나룻배는 낡고 물에 닳아 있었다. 총감이 운하를 재정비할 때 만든 나룻배는 처음에는 하얀색이었지만 시간이 흐르면서 칠이 거의 벗겨졌다. 나룻배는 파르두 씨가 만드는 비올라 다 감바의 쩍 벌어진 모양 같았다. 그는 살랑거리는 물을, 자신의 얼굴에 떨어지는 버드나무 이파리들을, 정적을, 저 멀리서 가만히 집중하고 있는 낚시꾼들의 모습을 사랑했다. 그는 아내 생각에 잠겼다. 모든 것에 활기를 불어넣어주고, 그가 부탁하면 언제든 조언을 해주고, 이제는 어엿한 여인이 된 두 딸아이를 낳아

준 아내, 그리고 그 둔부, 그 커다란 배가 몹시 그리웠다. 잉어와 모샘치가 장난치며 노는 소리가 들렸다. 꼬리를 젓는 소리가, 혹은 공기를 흡입하려고 물 표면에서 입을 빠끔 여는 소리가 정적을 깼다. 아주 더운 여름날이면, 그는 반바지 차림으로 강물 속에 들어갔다. 슈미즈*를 벗고 차가운 물속으로 천천히 들어가 목을 내밀고는 손가락으로 귀를 틀어막고 얼굴을 물속에 파묻었다.

    어느 날 물결의 파동에 시선을 집중하는데, 이내 스르르 눈이 감기면서, 아주 오래전 머물렀던, 어두컴컴한 물속으로 빨려들어가는 것 같은 기분이 들었다. 그가 사랑한 지상의 모든 것을 다 버렸다. 악기들, 꽃들, 과자들, 두루마리 악보들, 사슴벌레들, 얼굴들, 주석 접시들, 포도주들. 몽상에서 빠져나오자 어느 날 밤 아내가 죽음과 조우하기 위해 그를 떠났을 때 작곡한 「회한의 무덤」이 기억났다. 그러자 몹시 갈증이 났다. 일어났다. 나뭇가지들을 붙잡으며 기슭 위로 올라섰고, 그곳을 나와 지

---

* 아래까지 길게 내려오는 윗도리.

하 창고 궁륭 천장 아래를 지나 짚에 싸둔 잘 익은 포도주 항아리를 찾았다. 포도주와 공기의 접촉을 막아주는 기름 막을 땅바닥에 살짝 쏟았다. 창고의 어두운 밤 속에서 한 잔을 마셨다. 그리고 정원의 오두막으로 가서 비올라 다 감바를 연습했다. 아니 더 정확히 말하면, 행여 딸들에게 불편함을 줄까 걱정되기도 하고, 혹여 누가 듣고 판단을 내리거나, 자기도 그렇게 해보고 싶은 마음이 들 수도 있다는 근심에 활의 모든 움직임과 손의 위치를 잘 조정해가며 거의 소리가 나지 않게 연주했다. 악보가 펼쳐진, 밝은 푸른색 천이 덮인 탁자 위에 그는 포도주 항아리와 다리 부분까지 가득 채운 포도주 잔과 둥글게 말린 고프레 몇 개가 담긴 주석 접시를 놓고「회한의 무덤」을 연주했다.

    그는 악보를 참조할 필요가 없었다. 그의 손은 악기 지판을 자유자재로 옮겨 다녔고, 그는 눈물을 흘리기 시작했다. 음이 서서히 올라갈 때, 문 옆에 매우 창백한 여인이 나타났다. 그의 연주를 방해하지 않겠다는 듯 아무 말 없이 입가에 미소를 띠고 그 위에 손가락을 올려놓더니 그를 보며 활짝 웃었다. 그녀는 생트 콜롱브 씨의 악보대를 조용히 돌았다. 그리고 탁자와 작은 포도주 병 바로 옆 구석에 있던 궤짝 위에 앉아 그의 연주를 들었다.

그의 아내였다. 그녀의 눈에서 눈물이 흘러내렸다. 그가 한 곡을 마치고 고개를 들었을 때 그녀는 더 이상 거기 없었다. 그는 비올라 다 감바를 놓았다. 포도주 항아리 옆에 있는 주석 접시를 향해 손을 뻗는 순간, 그는 포도주 잔이 반쯤 비워져 있고, 그 옆에 있던 고프레가 반쯤 갉아먹혀 있는 것을 보았다.

제7장

이런 식의 방문은 한 번으로 끝나지 않았다. 생트 콜롱브 씨는 자신이 미친 것은 아닐까 하는 두려움이 일다가도 만일 이것이 광기라면 그녀가 그에게 행복을 선사해 준 것이라고 생각했고, 만일 그것이 사실이라면 기적이 일어난 것이라고 생각했다. 아직도 아내의 사랑이 자신의 사랑보다 훨씬 더 큰 것 같았다. 왜냐하면 아내는 자기한테까지 왔지만, 자신은 아내에게 똑같은 일을 해줄 수 없기 때문이었다. 그는 펜을 들어 화가 동인 소속 친구인 보쟁 씨에게 자신의 탁자를 재현해달라고 부탁하는 내용의 편지를 썼다. 바로 그 옆에서 아내가 나타났었다. 물론 이 방문에 대해서는 아무에게도 말하지 않았다. 마들렌과 투아네트조차 몰랐다. 그는 단지 자신의 비올라 다 감바에게만 털어놓았고, 가끔 투아네트가 오선표를 그릴 때 자막대기처럼 쓰곤 하는 모로코가죽 장정 음악 노트에 두 사람이 나눈 대화나 자신의 몽상에서 영감을 받은 테마들을 적었다. 그는 방문을 걸어 잠그기도 했다. 아내에 대한 욕망과 추억을 참을 수 없어 이따금 바지를 내리고 손으로 쾌감을 얻어야 했기 때문이다. 창가 옆 탁자 위에, 그리고 12년 동안 아내와 공유했던 큰 침대를 마주 보고 있는 벽에 붉은 모로코가죽 장정의 음악 노트와 친구에게 주문한 검은색 틀의 작은 그림을 나란히 놓았다. 그는 그 그림을 보면서 행복을 느꼈다. 그는 화를 내는 일이 줄어들었고, 두 딸은 이런 변화를 눈치챘지만, 아버지에게 감히 말하지는 못했다. 그의 깊숙한 곳에서 뭔가 완성되었다는 느낌이 있었다. 그는 훨씬 평온해 보였다.

제8장

 하루는 늙은 수탉 볏처럼 얼굴이 붉은 열일곱 살 청년이 찾아와 대문을 두드렸다. 청년은 문을 열어주는 마들렌한테 생트 콜롱브 씨에게 자신의 비올라 다 감바 및 작곡 선생이 되어주기를 청할 수 있겠는지 물었다. 마들렌은 그가 매우 아름답다고 생각했고, 그를 거실로 안내했다. 손에 페뤼크를 든 청년은 탁자 위에 초록색 밀랍으로 봉인한 반으로 접힌 편지를 올려놓았다. 투아네트는 탁자 끝에 침묵을 지키고 앉아 있던 생트 콜롱브 씨 옆으로 왔다. 그는 편지를 개봉하지 않고 듣고 있다는 표시만 했다. 청년이 말하는 동안 마들렌은 푸른 천으로 덮인 커다란 탁자 위에 짚으로 싼 포도주 병과 과자를 담은 사기 접시를 놓았다.

그의 이름은 마랭 마레였다. 볼이 토실토실한 청년이었다. 마랭 마레는 1656년 5월 31일 태어났으며, 여섯 살의 나이에 목소리 때문에 루브르 성문에 자리 잡은 왕 관할 성당 성가대원에 선발되었다. 9년 동안 그는 쉬르플리*에 붉은 가운을 걸치고 검은 사각모를 썼고, 수도원 기숙사 생활을 하며 기보하고, 읽고 쓰는 것과 시간이 날 때마다 틈틈이 비올라 다 감바 연주하는 법을 배웠다. 성가대 아이들은 아침 예배, 왕의 공무, 미사, 저녁 예배 등을 분주히 따라다녔다.

이후 목소리가 망가지자 성가대가 약정한 계약서에 따라 거리로 쫓겨났다. 그 일은 아직도 수치스러웠다. 몸을 어디에 둘 줄 몰랐다. 다리와 뺨에 난 잔털이 쭈뼛 곤

---

* surplis: 사제가 법의 위에 입는 겉옷.

두셨고, 코끼리처럼 엉엉 울어댔다. 그는 머릿속에 각인된 굴욕의 날을 떠올렸다. 1672년 9월 22일이었다. 마지막으로 그는 어깨에 힘을 실어 성당 현관 금빛 나무문 위에 몸을 기댔다. 생제르맹록세루아 수도원의 뜰을 가로질러 뛰었다. 풀 속 자두나무들이 보였다.

그는 거리를 달리기 시작했다. 포르레베크를 지나 갑작스럽게 나타난 내리막길을 달리다 보니 어느덧 모래사장이었고, 그는 거기서 멈추었다. 센 강은 불그스름한 안개가 뒤섞인 채 여름 끝의 광막하고 두꺼운 빛에 덮여 있었다. 그는 흐느껴 울었고, 강가를 따라 아버지 집으로 돌아왔다. 돼지와 거위 들, 풀 속과 모래사장 진흙탕 속에서 놀고 있는 어린아이들한테 발길질을 해대거나 때렸다. 벌거벗은 사내들, 속옷 바람의 여인네들이 장딴지를 내놓은 채 강물에서 미역을 감고 있었다.

강 사이로 유유히 흐르는 물은 피로 얼룩진 상처였다. 그의 목구멍에 난 상처는 강물의 아름다움만큼이나 치유될 수 없는 것으로 보였다. 다리, 탑, 구(舊)시가, 유년 시절과 루브르, 즐거운 성가대 합창, 수도원 작은 정원에서 놀던 일, 하얀 성가대복, 과거, 불그레한 물에 휩쓸려 영원히 멀어지는 보랏빛 자두들. 수도원 기숙사 친구인 들랄랑드는 아직 목소리가 변하지 않아 거기 남았다. 그의 마음은 향수로 가득 찼다. 울부짖는 한 마리 짐승처럼 철저히 혼자라고 느꼈다. 허벅지 사이의 묵직하고 털 난 성기는 축 늘어져 있었다.

손에 페뤼크를 든 그는 불현듯 방금 말한 것에 수치심을 느꼈다. 생트 콜롱브 씨는 등을 꼿꼿이 세운 채, 아주 냉정한 표정으로 가만히 있었다. 마들렌은 청년을 향해 용기를 내어 말해보라는 듯 미소를 지으며 과자 하나를 내밀었다. 투아네트는 아버지 뒤 궤짝 위에서 무릎에 턱을 괴고 앉아 있었다. 아이는 탐색 중이었다.

구둣방에 도착해 아버지에게 인사를 하고 나니 울음을 참을 수 없었다. 곧장 골방으로 들어가 틀어박혔다. 아버지의 작업장 위에 있는 그 방은 저녁이면 밀짚 깔개가 깔렸다. 아버지는 모루, 아니면 허벅지 위에 철 모형을 올려놓고 하염없이 쳐대거나 구두나 장화의 가죽을 쓸어댔다. 그 망치질에 그의 심장은 요동쳤고 혐오감에 치를 떨었다. 가죽을 담가놓는 오줌 냄새를, 구두 뒤축 가죽을 적셔놓는 작업대 아래 물 양동이에서 나는 역겨운 냄새를 그는 증오했다. 검은머리방울새 둥지와 그 새들의 짹짹대는 소리를, 가죽 끈으로 만든 앉은뱅이 의자의 삐걱거리는 소리를, 아버지의 고함 소리를 혐오했다. 이 모든 것이 참기 힘들었다. 새들의 노랫소리도, 아버지의 흥얼거리는 콧노래도, 그의 수다도, 심지어 그 사람 좋은 품새까지도 싫었다. 손님이 구둣방에 들어오면 들리는 웃음소리와 객소리도 싫었다. 그의 눈에 유일하게 은혜로운 것은, 그가 집으로 돌아오던 날 작업대 바로 위 아주 낮게 걸린 촛불에서 떨어지는 술통 모양의 희미한 빛이었다. 송곳 바늘을 들고 있거나 망치를 잡을 때 아버지의 못 박힌 손 바로 위에 떨어지는 희미한 빛. 그 빛은 선반 위에 놓여 있던, 혹은 가느다란 색깔 끈에 매달려 있던 밤색, 적색, 회색, 녹색 가죽을 더 연한 노란색으로 물들였다. 바로 그때 그는 집을 영영 떠나버려야겠다고, 음악가가 되어서 자기를 저버린 목소리에 복수해야겠다고, 유명한 비올라 다 감바 연주자가 되어야겠다고 마음먹었다.

생트 콜롱브 씨는 어깨를 으쓱했다.

마레는 손에 든 페뤼크를 만지작거리며, 생제르맹록세루아를 떠나 케네 씨 댁을 찾아갔고 그가 거의 1년간 자신을 맡아주었으며, 그러고 나서 모가르 씨에게 보내졌다고 설명했다. 모가르 씨는 리슐리외 경 소속 비올라 다 감바 연주자의 아들이었다. 모가르 씨가 자신을 받아들였을 때, 생트 콜롱브 씨의 명성에 대해, 그리고 그의 제7현에 대해 들어본 적이 있는지 물어보았다고 했다. 그가 아이 목소리, 여자 목소리, 갈라지고 무거워진 사내 목소리 등 인간의 모든 목소리를 낼 수 있는 나무 악기를 고안해냈다고 했다. 여섯 달 동안 모가르 씨는 그를 연습시켰고 그런 다음 추천 편지를 써주며 강 너머에 살고 있는 생트 콜롱브 씨를 찾아가보라고 했다. 청년은 생트 콜롱브 씨 쪽으로 편지를 내밀었다. 생트 콜롱브 씨는 봉인을 뜯어 편지를 꺼냈다. 그러나 편지는 읽지 않고 뭔가 할 말이 있는 사람처럼 벌떡 일어섰다. 감히 입조차 떼지 못하는 청년과 과묵한 남자가 이렇게 만난 것이다. 그러나 생트 콜롱브 씨는 이유를 설명하지 않고 편지를 탁자 위에 놓고는 마들렌에게 다가가 연주를 시켜보라고 속삭였다. 그녀는 거실을 나갔다. 검은색 천 옷에, 목에는 하얀 프레이즈를 두른 생트 콜롱브 씨는 벽난로 쪽으로 가, 그 옆 커다란 안락의자에 앉았다.

첫 수업을 위해 마들렌은 자기 비올라 다 감바를 빌려주었다. 마랭 마레는 도무지 영문을 몰라 당황스러운 나머지 처음 이 집에 들어왔을 때보다 더 얼굴이 상기되었다. 딸들은 이 옛 생제르맹록세루아 성가대 학생이 어떻게 연주하는지 보고 싶은 마음에 호기심 어린 얼굴로 더 가까이 앉았다. 그는 재빨리 악기 몸체에 자신을 맞추더니 조율을 하고서는 모가르 씨의 모음곡 하나를 탁월한 기교로 능숙하게 연주해냈다.

그는 생트 콜롱브 씨와 두 딸을 바라보았다. 딸들은 부끄러운지 고개를 숙였다. 생트 콜롱브 씨가 말했다.

"자네를 내 제자로 받아들일 생각은 없네."

긴 침묵이 흘렀고 청년의 얼굴이 살짝 흔들렸다. 그는 갑자기 거친 목소리로 외쳤다.

"왜요? 적어도 이유는 말씀해주셔야죠!"

"자넨 음악은 하네만, 음악가는 아닐세."

젊은이의 얼굴은 굳어졌고, 눈가에 눈물이 왈칵 솟았다. 실망한 나머지 말까지 더듬거렸다.

"기, 기회라도……"

생트 콜롱브는 일어나 난로 앞에 있는 커다란 나무 안락의자를 돌렸다. 투아네트가 말했다.

"잠시만요, 아버지. 마레 씨가 작곡한 곡이 있을지도 모르잖아요."

마레는 고개를 숙였다. 서둘렀다. 비올라 다 감바에 달려들자마자 전보다 더 정성 들여 조율을 하고선 다장조 「바디나주」*를 연주했다.

"좋네요, 아버지, 아주 좋아요!" 그가 연주를 마치자 투아네트는 박수를 쳤다.

"어떠세요?" 마들렌은 걱정스러운 듯 아버지를 돌아보며 물었다.

---

* Le Badinage: 익살풍의 가벼운 곡.

생트 콜롱브 씨는 그대로 서 있었다. 그러더니 돌연 자리를 떠나 밖으로 나가려고 했다. 거실 문을 나가는 순간, 갑자기 얼굴을 휙 돌리더니 겁에 질려 발그레한 얼굴로 앉아 있는 청년의 얼굴을 뚫어져라 쳐다보며 이렇게 말했다.

"한 달 후에 오게. 내 제자로 삼을 만한지 아닌지는 그때 말해주겠네."

제9장

    그 청년이 연주한 익살풍 소곡이 이따금 생트 콜롱브 씨의 머리에 떠올랐다. 감동이 밀려왔다. 사교계풍의 쉬운 곡이었으나 어떤 정감을 불러일으켰다. 마침내 그 곡을 잊었다. 그는 오두막에서 더 오래 작업했다.
    아내의 몸이 바로 옆에서 느껴진 것이 네번째가 되자 그는 바로 얼굴을 돌려서 물었다.
    "죽은 혼이지만 말해봐요, 부인."
    "네."

그는 움찔했다. 정말 아내의 목소리였다. 콘트랄토의 낮은 음성. 그는 울고 싶었으나 너무 놀라 그러지도 못했다. 바로 그때 아내의 환영이 말을 한 것이다. 서서히 그의 등이 흔들리기 시작했다. 그는 더 물어볼 용기가 났다.

"왜 드문드문 오는 거요? 늘 오지 않고?"

"글쎄, 저도 모르겠어요." 그림자가 상기된 얼굴로 말했다.

"당신의 연주가 날 감동시키니까, 그래서 온 걸 거예요. 당신이 친절하게도 마실 것과 조금씩 갉아먹을 과자를 주기도 하고요."

"여보!"

앉은뱅이 의자가 휙 넘어질 정도로 그는 격렬하게 일어나며 외쳤다. 그는 걸리적거리는 비올라 다 감바를 몸에서 빼 오두막 나무판자 왼쪽 벽에 기대어놓았다. 그가 그녀를 마치 껴안으려는 듯 두 팔을 벌렸다. 그녀가 소리쳤다.

"안 돼요!"

그녀가 뒤로 물러났다. 그는 고개를 숙였다. 그녀가

그에게 말했다.

"제 팔다리도, 제 가슴도 차가워졌어요."

그녀는 숨 쉬기 힘들어했다. 무진장 애를 쓰고 있는 사람 같았다. 이 말을 하면서 그녀는 자기 엉덩이와 가슴을 만졌다. 그는 다시 고개를 숙였고, 그녀는 앉은뱅이 의자에 와서 다시 앉았다. 훨씬 고른 호흡을 되찾고 나자 그에게 조용히 말했다.

"입술 좀 축이게 붉은 포도주 한 잔 주실래요?"

그는 서둘러 나갔고, 지하 창고로 가서 저장실로 내려갔다. 그가 돌아왔을 때, 생트 콜롱브 부인은 사라지고 없었다.

제10장

두번째 수업을 위해 그가 다시 왔을 때, 매우 가녀린, 분홍빛 뺨의 마들렌이 대문을 열어주었다.

"미역 감으려고 해서요." 그녀가 말했다. "머리는 다시 묶을 거예요."

그녀의 목덜미는 장밋빛으로 물들어 있었고, 엉클어진 검은 잔털들이 밝은 빛에 드러났다. 그녀가 두 팔을 들어 올리자 봉오리 같은 젖가슴이 더욱 부풀어 올랐다. 그들의 발걸음은 생트 콜롱브 씨의 오두막으로 향했다.

눈부시게 아름다운 봄날이었다. 앵초들이 피어 있었고 나비들이 날아다녔다. 마랭 마레는 어깨에 비올라 다 감바를 들고 있었다. 생트 콜롱브 씨는 그를 뽕나무 위에 지은 오두막 안으로 들어오게 했고, 이렇게 말하며 그를 제자로 받아들였다.

"자네는 몸의 자세를 알고 있네. 연주에 감정도 부족하지 않고. 가볍게 활을 놀리고 잘도 퉁기지. 왼손은 다람쥐처럼 날쌔고, 생쥐처럼 잘도 내빼지. 꾸밈음은 기가 막히고 때론 매력적이지. 하지만 난 음악은 듣지 못했네."

젊은 마랭 마레는 스승의 마지막 문장을 듣자 감정이 복잡해졌다. 제자로 받아들여져 기뻤지만 평가를 유보하는 것 같은 말을 들으니 속이 뒤틀렸다. 생트 콜롱브는 정원사에게 이것이 꺾꽂이 가지고, 저것이 씨앗이라고 알려주듯, 별다른 감정 표시 하나 없이 이것 하나를 말하고, 저것 하나를 말했다. 스승은 계속했다.

"자네는 춤추는 사람들이 춤추게 도와줄 수는 있네. 무대에서 노래하는 배우들의 반주는 할 수 있겠지. 자네 벌이는 할 걸세. 음악에 둘러싸여 있겠지만, 그러나 음악가는 아니네.

느끼는 심장이 있는가? 생각하는 뇌가 있는가? 춤을 추게 하기 위한 것도, 왕의 귀를 즐겁게 하기 위한 것도 아닐 때 어떤 소리를 내야 하는지 아는가?

그런데 자네의 망가진 목소리가 나를 감동시켰네. 자네 고통 때문에 받아들였지, 자네 기교 때문이 아닐세."

젊은 마레는 오두막 계단을 내려오며 뽕나무 잎들이 만들어내는 그늘 속에서 실오라기 하나 걸치지 않은 알몸의 처녀를 보았다. 그녀는 나무 뒤에 숨어 있었고, 그는 못 본 체하려고 황급히 머리를 돌렸다.

제11장

여러 달이 흘렀다. 날씨가 매우 춥고, 들판이 온통 새하얀 눈으로 뒤덮인 어느 날, 온몸이 꽁꽁 얼어붙어 연습을 오래 할 수 없었다. 손가락까지 다 곱아 두 사람은 집으로 돌아가 난로 옆에 앉았고, 포도주를 데워 향료와 계피를 넣어 마셨다.

"포도주를 마시니 제 폐와 배가 다 따뜻해지네요." 마랭 마레가 말했다.

"자네 화가 보쟁을 아나?" 생트 콜롱브가 물었다.

"아니요. 화가는 아는 사람이 없어요."

"최근에 그에게 그림을 하나 주문했네. 내 오두막 작업실에 있는 글 쓰는 탁자 말이야. 가보자구."

"지금요?"

"그래."

마랭 마레는 마들렌 드 생트 콜롱브를 바라보았다. 그녀는 창가에 옆으로 서 있었다. 성에 낀 창유리로 일그러진 뽕나무와 버드나무 상들이 비쳤다. 그녀는 두 사람이 하는 말을 주의 깊게 듣고 있었다. 마들렌은 마레에게 오묘한 시선을 던졌다.

"자, 가보세." 생트 콜롱브가 말했다.

"예." 마랭 마레가 대답했다.

마랭 마레는 마들렌을 바라보며 푸르푸앵을 열고는 물소 가죽 깃을 고쳐 맸다.

"그건 파리식인가?" 생트 콜롱브가 물었다.

"예." 마랭 마레가 대답했다.

그들은 온몸을 포근하게 감쌌다. 생트 콜롱브 씨는 사각 모직 천으로 얼굴을 둘둘 감쌌다. 마들렌이 모자,

케이프, 장갑을 내밀었다. 생트 콜롱브 씨는 난로 옆에 걸려 있던 칼과 칼 어깨끈을 뺐다. 마레는 생트 콜롱브 씨가 칼을 차는 것을 처음 보았다. 마레는 서명이 새겨진 가늘고 긴 장검을 뚫어져라 쳐다보았다. 하계로 건너가는 뱃사공의 얼굴이 돋을새김된 장검으로 손잡이에는 갈고리가 달려 있었다.

"자, 가지!" 생트 콜롱브가 말했다.

마랭 마레는 고개를 들었고, 그들은 집을 나왔다. 마랭 마레는 순간 모루 위에 칼을 두드리던 대장장이가 떠올랐다. 아버지가 허벅지 위에 올려놓던 작은 피혁 모루가, 그 모루를 두드리던 망치가 다시 보였다. 아버지의 손과 망치를 하도 잡아 생긴 못이 생각났다. 성가대원이 되기 위해 그 구멍가게를 떠나기 전, 그가 네 살 혹은 다섯 살 때, 저녁이면 자신의 뺨 위로 아버지의 그 못 박힌 손이 지나갔다. 직업마다 자기 손이 있다는 생각이 들었다. 가령 비올라 다 감바 연주자의 왼쪽 손가락에는 티눈이 박히고, 구두 수선공의 오른쪽 엄지손가락에는 못이 박힌다. 그들이 생트 콜롱브 씨네 집을 나왔을 때는 눈이 내리고 있었다. 생트 콜롱브 씨는 갈색의 커다란 케이프로 몸을 휘감았고, 사각 모직 천 밑으로는 눈만 보였다. 마레가 스승을 정원이나 집 밖에서 본 것은 이번이 처음이었다. 집 밖에는 절대 나가지 않을 사람인 줄 알았다. 그들은 비에브르 강 하류에 이르렀다. 바람이 휙휙 소리를 냈다. 그들 발바닥 밑에서 얼어붙은 땅이 빠지직 소리를 냈다. 생트 콜롱브는 제자의 팔을 잡고는 조용히 하라는 듯 입술 위에 손가락을 갖다 댔다. 그들은 두 눈을 강타하는 바람을 헤치며 앞으로 난 길을 향해 상체를 구부리고 시끄럽게 걸어갔다.

"들리나!" 스승이 외쳤다. "아리아가 저음에서 어떻게 나오는지?"

제12장

"여기가 생제르맹록세루아일세." 생트 콜롱브 씨가 말했다.

"이곳은 잘 알고 있습니다. 여기서 10년 동안 노래했으니까요."

"자, 다 왔네." 생트 콜롱브 씨가 말했다.

그는 문에 달린 괴상한 모양의 장식 인형을 두드렸다. 세공된 좁은 나무문이었다. 생제르맹록세루아의 종이 울렸다. 한 노파가 머리를 내밀었다. 이마까지 내려오는 옛날 삼각두건을 쓰고 있었다. 그들은 보쟁 씨 아틀리에의 난로 옆에 자리를 잡고 앉았다. 화가는 열심히 탁자를 그리고 있었다. 그림에는 붉은 포도주가 반쯤 찬 잔, 엎어 놓은 류트, 음악 노트, 검은색 벨벳 주머니, 맨 위에 클로버 잭이 보이는 카드패들, 그리고 그 옆에 체스판, 그 위에 패랭이꽃 세 송이가 담긴 꽃병이 배치되어 있었고, 벽에는 8각형 거울이 기대어져 있었다.

"죽음이 앗아가게 될 것들이 그의 밤 속에 다 있군." 생트 콜롱브가 제자의 귀에 대고 속삭였다. "우리 안에 도피해 있던 세상의 모든 쾌락이 안녕을 고하는군."

생트 콜롱브 씨는 자신에게 빌렸던 그림을 찾아갈 수 있는지 물었다. 화가는 그 그림을 플랑드르의 한 상인에게 보여주고 싶었고, 그 상인은 복제품을 가지고 갔다. 보쟁 씨는 이마에 삼각두건을 쓴 노파에게 신호를 보냈다. 그녀는 고개를 숙이더니 흑단에 둘러싸인 고프레들을 가지러 갔다. 보쟁 씨는 마레에게 포도주 잔, 나선형의 작고 노란 과자를 손가락으로 가리키며 그림을 보여주었다. 들어온 노파는 무심한 표정으로 그것을 낡은 헝겊과 끈으로 포장했다. 그들은 화가가 그림 그리는 것을 바라보았다. 생트 콜롱브 씨는 다시 한 번 마레의 귀에 대고 속삭였다.

"보쟁 씨의 붓 소리를 들어보게나."

그들은 눈을 감고 붓 칠 소리를 들었다. 불쑥 생트 콜롱브 씨가 말했다.

"자넨 활 기술을 배운 거네."

보쟁 씨가 뒤를 돌아보더니 둘이 무엇을 그리 수군거리냐고 물었다.

"활에 대해서 말했네. 자네 붓과 비교했지." 생트 콜롱브 씨가 말했다.

"난 그냥 떠드는 줄로만 알았네." 화가가 웃으며 말했다. "난 황금을 좋아하네. 개인적으로 신비한 불에 이르는 길을 찾고 있지."

그들은 보쟁 씨와 인사를 나누었다. 하얀 삼각두건을 쓴 노파는 무뚝뚝하게 고개를 숙였고 그들 등 뒤에서 문이 다시 닫혔다. 폭설로 인해 길에는 하얀 눈이 더 두껍게 쌓여 있었다. 앞이 하나도 보이지 않았다. 쌓인 눈

속을 비틀거리며 걸었다. 그들은 도중에 실내 폼* 구장 안으로 들어갔다. 수프 한 그릇을 받아 그릇 위를 어른거리는 뜨거운 김을 불어가며 실내를 걸어 다니면서 마셨다. 시종들에 둘러싸여 경기를 하고 있는 영주들이 보였다. 그들을 따라온 젊은 부인들은 멋진 타격이 나올 때마다 열심히 박수를 쳤다. 다른 방에서는 배우가 된 두 여인이 뭔가를 읊고 있는 중이었다. 한 여자가 품위 있는 목소리로 이렇게 말했다.

"횃불과 무기 너머로 빛이 나는군요. 장식 하나 없는, 단순하기 그지없는, 잠에서 막 깨어난 아름다운 그대, 그대는 무엇을 원하는지? 이 무심함이, 그림자가, 횃불이, 울음소리가, 침묵이 무엇인지 나는 정녕 알지 못합니다."

그러자 다른 여인이 더 낮은 목소리로 천천히 대답했다.

"그에게 말하고 싶었어요. 나는 목소리를 잃었어요.

---

* 테니스의 전신.

한동안 놀라, 그의 허상에 사로잡혀, 꼼짝도 못한 채, 난 거기서 벗어나고 싶었어요. 내 눈에 그의 존재가 어찌나 뚜렷한지, 정말로 그에게 말을 하고 있는 것 같았어요. 내가 흐르게 만든 그의 눈물까지도 나는 사랑했어요……"

두 여인이 커다랗고 이상한 몸짓으로 과장하며 대사를 읊는 동안 생트 콜롱브는 마레의 귀에 대고 속삭였다.

"보게나. 한 문장을 강조할 때 어떻게 끊어서 발음해야 하는지. 음악도 인간의 언어라네."

그들은 폼 구장을 나왔다. 눈은 그쳤으나 내린 눈이 그들 장화 높이까지 쌓여 있었다. 밤은 별도 달도 없이 거기 그렇게 있었다. 한 남자가 횃불 하나를 손에 들고 지나갔고, 그들은 그를 뒤따라갔다. 눈송이가 아직도 드문드문 날리고 있었다.

생트 콜롱브 씨가 불쑥 제자의 팔을 붙잡아 세웠다. 그들 앞에 한 소년이 바지춤을 내리고 눈 속에 구멍을 내며 오줌을 누고 있었다. 눈 속에 구멍을 뚫는 뜨거운 오줌 소리와 눈 입자 소리가 한데 뒤섞였다. 생트 콜롱브는 다시 한 번 그의 입술에 손가락을 갖다 대었다.

"꾸밈음 스타카토가 저걸세."

"반음계 하강음이기도 하죠." 마랭 마레가 응수했다.

생트 콜롱브 씨는 어깨를 으쓱였다.

"선생님의 추모곡은 반음계 하강음으로 작곡하겠습니다."

몇 년 후 그는 실제로 그렇게 했다. 마레가 덧붙였다.

"진정한 음악은 침묵과 관련이 있을까요?"

"아닐세." 생트 콜롱브가 대답했다. 그는 머리 위에 사각 모직 천을 다시 둘렀고, 모자가 날아가지 않게 깊이 눌러썼다. 발걸음을 옮길 때마다 칼 멜빵이 다리에 걸리적거렸고, 팔 아래에는 보쟁 씨가 싸준 고프레 상자가 계속 들려 있었다. 그가 갑자기 돌아서더니 벽에 대고 오줌을 누었다. 그리고 마레를 향해 몸을 휙 돌리더니 이렇게 말했다.

"밤이 깊었네. 발이 시렵군. 잘 가게."

그는 불쑥 그를 떠났다.

제13장

봄이 시작될 무렵이었다. 생트 콜롱브 씨는 마레를 오두막 밖으로 내몰았다. 두 사람은 비올라 다 감바를 손에 들고 가랑비 아래에서 한마디도 하지 않고 정원을 가로질러 집 쪽으로 향했고, 집에 들어가면서부터 소란스러워졌다. 생트 콜롱브 씨는 고함을 치며 딸들을 불렀다. 몹시 화가 난 듯 그가 말했다.

"맘대로 하게나. 우리 귓속에 감정을 생기게 만드는 문제일세!"

투아네트는 계단을 달려 내려와 긴 창문 가까이 앉았다. 마들렌은 와서 마랭 마레를 부둥켜안았고, 그는 다리 사이에 비올라 다 감바를 바짝 붙인 채 되는 대로 활을 켜며 궁정 예배당 왕 앞에서 연주를 했노라고 말했다. 마들렌의 눈빛은 더욱 심각해졌다. 줄 하나가 끊어져나갈 듯 팽팽하게 긴장된 분위기가 감돌았다. 마들렌이 앞치마로 비올라 다 감바 위에 떨어진 빗방울을 닦는 동안 마랭 마레는 그녀의 귀에 대고 계속해서 속삭였다.

"내가 어제 궁정 예배당에 계신 왕 앞에서 연주를 해 저렇게 화가 나신 거라고."

생트 콜롱브 씨의 얼굴 표정은 아직도 어두웠다. 투아네트가 신호를 보냈다. 마랭 마레는 전혀 개의치 않고 마들렌에게 왕비의 발아래로 누군가 석탄 발 보온기를 밀어 넣었다는 이야기를 했다. "발 보온기가 말이야……"

"연주해!" 생트 콜롱브 씨가 소리 질렀다.

"봐봐, 마들렌. 내 비올라 다 감바 밑이 탔어." 마레는 계속해서 마들렌에게 말했다. "보초 중 한 명이 내 비올라 다 감바가 타는 것을 보고 자기 창으로 알려주었어.

타진 않았어. 진짜 탄 건 아냐. 그냥 그을렸지."

두 손이 나무 탁자를 격렬하게 내리치는 소리가 났다. 모두가 소스라치게 놀랐다. 생트 콜롱브 씨는 이를 악물며 고함을 쳤다.

"연주하라니까!"

"마들렌, 봐!" 마레가 계속했다.

"연주해요!" 투아네트가 말했다.

생트 콜롱브는 거실을 가로질러 달려가더니 마레의 손에서 악기를 빼앗았다.

"안 돼요!" 마레는 비올라 다 감바를 되찾으려고 벌떡 일어나 소리쳤다. 생트 콜롱브 씨는 어쩔 줄 몰랐다. 비올라 다 감바를 공중에 흔들었다. 마랭 마레는 악기를 빼앗으려고 생트 콜롱브의 팔을 붙잡았고, 괴이한 동작으로 그를 방해하며 거실을 뛰어다녔다. 그가 소리쳤다. "그러지 마세요! 그러지 마세요!" 공포로 굳어버린 마들렌은 양손으로 앞치마를 비틀어댔다. 투아네트는 일어나서 그들 뒤꽁무니를 따라다니며 이리저리 뛰었다.

생트 콜롱브는 난로로 다가가더니 비올라 다 감바를

공중에 쳐들고는 벽난로 선반 위에 내리쳤다. 그 충격으로 걸려 있던 거울이 산산조각 났다. 마랭 마레는 순간 몸을 웅크리며 으르렁댔다. 생트 콜롱브 씨는 바닥에 떨어진 비올라 다 감바 조각까지 다 박살낼 기세로 깔때기 모양의 장홧발로 그 위를 펄쩍 뛰었다. 투아네트는 아버지의 이름을 부르며 아버지의 푸르푸앵을 잡아당겼다. 마침내 네 사람 모두 조용해졌다. 얼이 빠져 가만히 있었다. 어쩌다 이런 난장판이 되었는지 모르는 사람들처럼 멀거니 있었다. 생트 콜롱브 씨는 머리를 숙이고 창백한 얼굴로 자기 손만 바라보았다. 고통스럽게 "아, 아!"를 토해내려고 애썼다. 그러나 나오지 않았다.

"아버지, 아버지!" 투아네트가 흐느껴 울며 아버지의 어깨와 등을 꽉 껴안았다.

그는 손가락을 움직였고, 물에 빠진 사람처럼 호흡을 가다듬지 못하고 "아, 아!" 하며 조금씩 신음을 토했다. 마침내 그는 거실을 나갔다. 마레는 옆에서 무릎을 꿇고 있던 마들렌을 얼싸안고 울었고, 마들렌의 몸도 같이 흔들렸다. 생트 콜롱브 씨는 끈을 푼 주머니 하나를 가지고 다시 왔다. 그 안에 들어 있던 루이 화를 세더니 마랭 마레 발밑에 주머니를 냅다 던지고는 뒤로 물러났다. 마랭 마레는 일어나 그의 등에 대고 소리쳤다.

"선생님, 도대체 왜 이러시는지 이유는 말씀해주셔야죠!"

생트 콜롱브 씨는 뒤돌아서더니 조용히 말했다.

"여보게, 악기란 무엇인가? 악기는 음악이 아닐세. 왕 앞에서 빙빙 도는 서커스 말 한 필을 살 돈은 될 걸세."

마들렌은 혼자서 힘겹게 일어서려다 소매에 얼굴을 파묻고 흐느껴 울었다. 오열로 등이 심하게 흔들렸다. 그녀는 두 사람 사이에 무릎을 꿇고 있었다.

"고통으로 울부짖는 내 딸의 오열을 들어보게. 자네의 기교에 찬 음계보다 더 음악에 가깝지 않은가. 다 그만두게. 자넨 아주 뛰어난 광대야. 자네 머리 위에서 접시들이 잘도 날아다니는군. 절대 균형을 잃지도 않고 말이야. 자넨 아주 작은 음악가라네. 자두, 아니 풍뎅이만 할까. 베르사유에서 연주하는 건 퐁뇌프에서 연주하는 거나 마찬가지네. 술이나 마시라고 사람들이 동전은 던져주겠지."

생트 콜롱브 씨는 그의 뒤에서 문을 휙 닫고는 거실을 나갔다. 마레도 그 집을 떠나려고 안뜰 쪽으로 뛰었다. 이어 대문 닫히는 소리가 쾅하고 들렸다.

마들렌은 뒤따라 길을 달려 그를 붙잡았다. 비가 그쳤다. 그녀가 그의 어깨를 잡았다. 그가 울고 있었다.

"아버지가 내게 가르쳐준 것을 당신에게 다 가르쳐줄게요." 그녀가 말했다.

"당신 아버지는 고약하고 단단히 미쳤소." 마랭 마레가 말했다.

"아니에요."

잠시 침묵하다 마들렌은 고개를 가로저었다. 그리고 다시 한 번 말했다.

"그런 게 아니에요."

마들렌은 그가 눈물 흘리는 것을 보았고, 그의 눈물 한 줄기를 닦아주었다. 그리고 다시 내리기 시작한 비를 맞으며, 마들렌은 마레의 손이 자기 손에 다가오는 것을 느꼈다. 그녀는 손을 내밀었다. 두 사람은 서로 닿았고 움찔했다. 두 사람은 서로의 손을 밀착하고, 아래를, 그리고 입술을 내밀었다. 그들은 포옹했다.

제14장

　마랭 마레는 생트 콜롱브 씨 집에 몰래 왔다. 마들렌은 아버지가 가르쳐준 비올라 다 감바에 관한 모든 기교를 그에게 알려주었다. 마레 앞에 서서 그의 손을 지판에 올리고, 악기를 장딴지 사이에 놓고 앞으로 밀어내는 법이며, 오른팔 위쪽과 팔꿈치를 써서 활을 움직이는 법을 가르쳐주었다. 그렇게 그들은 몸과 몸이 닿았다. 그리고 그늘진 구석에서 입을 맞추었다. 그들은 사랑을 나누었다. 그들은 이따금 생트 콜롱브 씨의 오두막 아래로 숨어

들었다. 스승의 꾸밈음을 들어보기 위해서였다. 스승이 어떻게 연주하고 어떤 화음을 선호하는지 엿들었다.

1676년 여름, 마레가 스무 살이 되었을 때, 그는 생트 콜롱브 양에게 왕실 음악가로 입궁하게 된 것을 알렸다. 그들은 정원에 있었다. 그녀는 그를 밀어 늙은 뽕나무 낮은 가지 위에 지은 나무판자 오두막 아래로 들어가 함께 앉았다. 그리고 자신이 아는 모든 기술을 전수했다.

천둥 번개가 요동치던 어느 날, 마랭 마레는 역시나 오두막 아래 숨어 있었다. 감기가 들었는지 그는 발작을 일으키듯 연거푸 재채기를 했다. 생트 콜롱브 씨는 빗속으로 나왔고, 젖은 땅 위에서 무릎에 턱을 파묻고 있는 그를 붙잡았다. 그에게 발길질을 하며 사람들을 불러 모았다. 그의 발과 무릎이 다 까졌고, 급기야 멱살을 잡혀 끌려 나왔다. 스승은 바로 옆에 있던 시종에게 채찍을 가져오라고 일렀다. 마들렌이 중재에 나섰다. 마레 씨를 사랑한다고 말함으로써 결국은 아버지를 진정시켰다. 뇌우 구름들이 격렬했던 것만큼이나 재빨리 지나갔다. 정원에 포목 의자를 꺼내놓고 모두 거기 앉았다.

"자네를 더 이상은 보고 싶지 않네. 이것이 마지막일세." 생트 콜롱브가 말했다.

"선생님은 더 이상 저를 못 보실 겁니다."

"내 딸과 결혼하고 싶나?"

"아직은 말씀드릴 수 없습니다."

"투아네트는 파르두 선생 댁에 가 있어요. 늦게 올 거예요." 마들렌이 얼굴을 돌리며 말했다.

그녀는 마랭 마레 옆으로 와서 풀밭에 앉았다. 아버지의 긴 포목 의자와는 등진 채로 있었다. 풀은 이미 거의 말라 있었고, 건초 냄새가 강하게 났다. 생트 콜롱브 씨는 버드나무 너머 푸른 숲을 보고 있었다. 마들렌은 마레의 손을 보았다. 그의 손이 그녀에게 천천히 다가왔다. 그는 마들렌의 가슴 위에 손가락을 올려놓고 아랫배까지 천천히 미끄러지듯 내려왔다. 마들렌은 다리를 꽉 죄었고, 몸을 부르르 떨었다. 생트 콜롱브 씨는 말하느라 그들을 볼 수 없었다.

"내 딸을 자네에게 줄지 안 줄지는 모르겠네. 분명 자넨 한자리 할 만한 데를 찾았을 걸세. 왕궁에 가서 살

테고, 왕은 당신의 쾌락을 감싸주는 자네의 멜로디를 좋아하시겠지. 방이 백 개나 되는 거대한 돌 궁정에서 예술을 하든, 뽕나무 속 흔들리는 오두막에서 예술을 하든 그건 중요하지 않다고 생각하네. 내게는 예술 그 이상의 무엇이 있지. 손가락 그 이상의 뭔가가 말이야, 귀 이상의 뭔가가, 창작 그 이상의 뭔가가 말일세. 나는 열정적인 삶을 보내고 있네."

"열정적인 삶을 사신다고요?" 마랭 마레가 말했다.

"아버지가 열정적인 삶을 보내신다고요?"

마들렌과 마레는 동시에 말했고, 동시에 늙은 음악가의 얼굴을 뚫어져라 쳐다보았다.

"자네는 눈에 보이는 왕을 즐겁게 하고 있지. 남을 즐겁게 하는 일, 그건 나하고는 어울리지 않네. 나는 목 놓아 부르지. 그래, 손으로 눈에 보이지 않는 것을 목 놓아 부르고 있는 거네."

"수수께끼 같은 말씀이시군요. 하시려는 말씀을 저는 절대 이해할 수 없을 겁니다."

"바로 그래서 자네가 내 곁에서 풀과 돌만 무성한 빈

한한 길을 걸어가는 걸 내가 기대조차 하지 않는 거라네. 나는 무덤 가까이 가 있네. 자네는 기교로 가득 찬 곡을 발표하고, 거기에다 현란한 운지법과 내게서 훔쳐간 꾸밈음을 첨가했지만 그건 종이 위의 흑과 백일 뿐이네!"

마랭 마레는 손수건으로 입술에 묻은 핏자국을 닦았다. 그는 갑자기 스승 쪽으로 몸을 숙였다.

"선생님, 전부터 여쭙고 싶은 게 하나 있었습니다."

"그래."

"왜 연주하시는 작품을 출판하지 않습니까?"

"아, 그게 무슨 말인가? 나는 작곡을 하지 않네. 난 절대 악보를 쓰지 않아. 내가 가끔 하나의 이름과 기쁨을 추억하며 지어내는 것은 물, 물풀, 쑥, 살아 있는 작은 송충이 같은 헌물일세."

"선생님의 물풀, 송충이 안에 음악이 어디 있는데요?"

"활을 켤 때 내가 찢는 것은 살아 있는 내 작은 심장 조각이네. 내가 하는 건 어떤 공휴일도 없이 그저 내 할 일을 하는 거네. 그렇게 내 운명을 완성하는 거지."

제15장

 한쪽에서는 자유 사상파가 고통을 받고 있었고, 또 다른 쪽에서는 포르루아얄파가 도망치고 있었다. 포르루아얄파는 박해받던 청교도가 그랬던 것처럼 아메리카에 섬 하나를 매입해 거기에 본거지를 둘 계획까지 세웠다. 생트 콜롱브 씨는 뷔르 씨와 우정을 유지했다. 쿠스텔 씨는 고독파는 '성(聖)' 아무개보다 아무개 '-씨'를 더 선호할 정도로 지나친 굴욕감을 자초한다고 말했다. 생도미니크당페르 가의 아이들도 자기들끼리 서로를 '-씨'라고 부르면서 말을 놓지 않았다. 가끔 이 '―씨들' 중 하나가 그들 가족의 장례 혹은 저녁미사를 위해 생트 콜롱브 씨에게 마차를 보내왔다. 생트 콜롱브 씨는 아내와 아내의 죽음 이전의 상황들을 떠올리지 않을 수 없었다. 그는 여전히 깊은 사랑을 하고 있었다. 그것은 똑같은 사랑, 똑같은 단념, 똑같은 밤, 똑같은 추위였다. 성 수요일, 마담 드 퐁카레 저택 예배당 자정미사의 연주를 마치고 그는 소지품을 정리해 돌아갈 채비를 했다. 그는 예배당 측면 통로의 밀짚 의자 위에 앉아 있었다. 덮개를 씌운 비올라 다 감바가 그 옆에 놓여 있었다. 오르간 연주자와 두 자매가 그는 잘 모르는 새 곡을 연주했는데, 아름다웠다. 그는 오른쪽으로 머리를 돌렸다. 아내가 옆에 앉아 있었다. 그는 고개를 떨어뜨렸다. 그녀가 웃었고, 손을 약간 들었다. 아내는 검은 벙어리장갑과 반지를 끼고 있었다.

"이제 그만 집에 가요." 그녀가 말했다.

그는 일어나서 비올라 다 감바를 들고 그녀를 따라 자줏빛 천에 휘감긴 성인 조각상들이 죽 늘어서 있는 통로의 어둠 속을 지나갔다.

골목길에서 그는 마차 문을 열고 마차 계단을 펼쳤다. 아내를 먼저 오르게 한 다음 비올라 다 감바를 앞쪽으로 들고 그도 뒤따라 올라갔다. 그는 마부에게 돌아가자고 했다. 옆에 앉아 있는 아내의 부드러운 드레스 감촉이 그대로 느껴졌다. 그는 아내에게 자기가 예전에 얼마나 그녀를 사랑하는지 표현은 해주었냐고 물어보았다.

"네, 당신은 제게 잘 해주었어요." 그녀가 말했다. 그리고 덧붙였다. "좀더 다정다감한 말로 표현해주었으면 좋았을 테지만요."

"내가 그렇게 애정 표현에 인색했단 말이오?"

"그럼요, 인색했죠. 거의 대부분은 침묵으로 일관했어요. 나는 당신을 사랑했어요. 지금도 당신에게 으깬 복숭아를 얼마나 만들어주고 싶은데요!"

마차가 멈추었다. 벌써 집 앞이었다. 그는 마차에서 나와 아내를 내려주려고 손을 내밀었다.

"난 못해요." 아내가 말했다.

그는 괜히 아내가 자기에게 손을 내밀고 싶게 만든

것 같아 괴로운 표정을 지었다.

"당신 안색이 좋지 않아요." 아내가 말했다.

그는 덮개에 싸인 비올라 다 감바를 꺼내 길가 위에 놓았다. 그는 마차 계단 위에 앉아 울었다.

그녀는 내려와 있었다. 그는 서둘러 일어났고, 대문을 열었다. 그들은 포석이 깔린 안뜰을 가로질러 낮은 층계를 올라가서는 거실로 들어갔고, 비올라 다 감바를 벽난로 벽에 기대놓았다. 그가 그녀에게 말했다.

"내 슬픔을 형언할 수가 없소. 당신의 그런 질책도 어쩌면 당연해요. 내가 하고 싶은 말이 말로는 표현되지 않소. 어떻게 말해야 할지 모르겠소……"

그는 난간과 뒤뜰로 향하는 문을 밀었다. 두 사람은 잔디밭을 걸었다. 그가 오두막을 가리키며 말했다.

"저기가 내가 말한 바로 그 오두막이라오."

그는 또다시 조용히 눈물을 흘리기 시작했다. 그들은 나룻배가 있는 곳까지 갔다. 생트 콜롱브 부인은 하얀 나룻배 안으로 올라갔고, 그는 배의 가장자리를 잡고 강가 옆에 대어놓았다. 아내는 드레스 밑자락을 걷어 올리고 나룻배의 축축한 널빤지 위에 발을 놓았다. 그가 다시 일어섰다. 그는 눈을 감고 있었다. 그는 나룻배가 사라지는 것을 보지 못했다. 잠시 후 그는 정신을 가다듬었고, 눈물이 그의 뺨에 흘러내리고 있었다.

"어떻게 말해야 할지 모르겠소, 여보. 12년이 흘렀지만 우리 침대는 아직도 차갑지가 않소."

제16장

 마레 씨의 방문은 훨씬 이례적인 것이 되었다. 마들렌은 베르사유, 보부아앵 등에서 그와 만났고 여인숙 방에서 둘은 사랑을 나누었다. 마들렌은 그에게 모든 것을 다 말했다. 그러다 보니 아버지가 세상에서 가장 아름다운 곡을, 아직 아무에게도 들려주지 않은 곡을 작곡했다는 것도 말했다. 「눈물들」과 「카론*의 배」라는 곡이었다.

---

* 그리스 신화에서 죽은 자를 저승으로 건네준다는 뱃사공.

한번은 둘이 질겁하는 일이 있었다. 두 사람은 함께 집에 있었는데, 마랭 마레가 뽕나무 가지 아래 몰래 숨어 들어가 마들렌이 말했던 그 곡을 들어보고 싶어해서였다. 거실에서 마들렌은 마레 앞에 서 있었다. 그는 앉아 있었다. 그녀가 다가왔다. 그녀는 가슴을 앞으로 내밀어 그의 얼굴 가까이로 가져갔다. 그리고 드레스의 위 호크를 풀고 속옷 앞을 벌렸다. 그녀의 젖가슴이 솟아 있었다. 마랭 마레는 참을 수 없어 거기에 얼굴을 파묻었다.

"마농!" 이때 생트 콜롱브 씨가 부르는 소리가 들렸다.

마랭 마레는 바로 보이는 창가 구석에 들어가 숨었다. 마들렌은 얼굴이 파래져서는 얼른 속옷을 다시 여몄다.

"예, 아버지."

"3도와 5도 음계를 연습해야겠다."

"예, 아버지."

그가 들어왔다. 생트 콜롱브 씨는 마랭 마레를 보지 못했다. 두 사람은 바로 나갔다. 멀리서 둘이 음을 조율하는 소리가 들리고 나서야 마랭 마레는 구석에서 나왔고, 정원을 지나 몰래 그 집에서 나오려고 했다. 그러다 투아네트와 마주쳤다. 투아네트는 난간에 팔꿈치를 괴고 정원을 주시하고 있었다. 그녀가 팔로 그를 제지했다.

"저는요, 저는 어때요?"

투아네트는 언니가 했던 것처럼 자기 가슴을 내밀었다. 마랭 마레는 웃었다. 그녀 볼에 가볍게 키스하고는 서둘러 도망치듯 그곳을 빠져나왔다.

제17장

그로부터 얼마 후 어느 여름날, 귀뇨트, 마들렌, 투아네트는 예배당에 가서 성인 조각상들을 닦고, 거미줄을 걷고, 바닥을 씻고, 의자와 걸상 들의 먼지를 털고, 제단에 꽃을 놓았다. 마랭 마레도 이들과 함께 있었다. 그는 누대(樓臺)에 올라가 오르간 곡 하나를 연주했다. 아래에서 투아네트가 물걸레로 바닥과 제단 옆 계단을 닦는 것이 보였다. 투아네트가 그에게 손짓을 했다. 그는 내려갔다. 매우 더웠다. 둘은 손을 잡았고, 제의실 문을 지나

묘지를 달렸고, 담장을 뛰어넘었고, 숲 저 끝 덤불 속을 다녔다.

투아네트는 매우 숨 가빠했다. 드레스의 파인 부분으로 드러난 젖가슴이 땀으로 번들거렸다. 투아네트는 눈을 반짝였다. 젖가슴을 앞으로 내밀었다.

"내 드레스 자락이 땀으로 다 젖었어요."

"언니보다 가슴이 크네."

마랭 마레가 투아네트의 가슴을 쳐다보며 말했다. 그곳에 입술을 대고 싶고, 팔을 잡고 싶었다. 아니 그녀에게서 떨어져 그 자리를 벗어나고 싶었다. 그는 잠시 멍한 표정이었다.

"저 아래가 뜨거워요." 투아네트가 그의 손을 잡고 자기 손가락을 그의 손가락 사이에 밀어 넣으며 말했다. 그리고 그를 자기 쪽으로 잡아당겼다.

"언니가……" 마랭 마레는 중얼거리며 투아네트를 안았다. 둘은 포옹했다. 그는 눈을 내리깔았다. 그는 그녀의 슈미즈를 풀어헤쳤다.

"당신도 벗어요. 그리고 날 가져요." 그녀가 말했다.

아직도 어린애였다. 그녀가 또 말했다.

"날 벗겨줘요. 그리고 당신도 벗어요."

그 아이 몸은 동그랗고 포동포동했다. 둘의 몸은 서로 엉겼다. 이후, 그녀가 슈미즈를 걸치는 순간 저무는 태양빛이 벗은 그녀 몸의 한쪽을 비출 때, 그녀의 무거운 젖가슴과 엉덩이가 숲 바닥 잎사귀들에서 떨어져 나올 때, 그녀는 그에게 세상에서 가장 아름다워 보였다.

"난 부끄럽지 않아요." 그녀가 말했다.

"난 부끄럽소." 그가 말했다.

"난 하고 싶었어요." 그녀가 말했다.

그는 그녀가 드레스 끈 묶는 것을 도와주었다. 그녀는 두 팔을 높이 들어 올렸고, 그는 허리를 졸라매주었다. 그녀는 슈미즈 아래 속바지를 입고 있지 않았다. 그녀가 말했다.

"마들렌은 이제 더 마를 거예요."

제18장

그들은 마들렌의 방에서 반쯤 벗은 채로 있었다. 마랭 마레는 침대 다리에 등을 대고 있었다. 그가 그녀에게 말했다.
"당신을 떠나겠소. 봤잖소. 당신한테는 더 이상 서지 않소."
마들렌은 그의 손을 잡고 그의 두 손에 천천히 자신의 얼굴을 파묻었다. 그녀는 울기 시작했다. 그는 한숨을 토했다. 그가 반바지 끈을 졸라매려고 하자 침대 커튼을 지탱하고 있던 커튼 줄이 툭 떨어졌다. 마들렌은 그의 손에서 바지 끈을 빼앗았고, 그 위에 자신의 입술을 대었다.

"당신의 눈물은 부드럽고 내 마음은 아직도 흔들리오. 그러나 꿈속에서 나는 당신의 젖가슴을 그리지 않으니 당신을 떠나겠소. 나는 다른 얼굴들을 보았소. 우리 가슴은 굶주렸소. 우리 정신은 휴식을 모르오. 삶은 맹렬할수록, 굶주릴수록 아름답소."

마들렌은 입을 다물었고, 마레의 바지 끈만 만지작거렸다. 자신의 배를 어루만지며 더는 그를 바라보지 않았다. 그녀는 고개를 들어 갑자기 그의 얼굴에 자기 얼굴을 갖다 대고 새빨개진 얼굴로 이렇게 속삭였다.

"그만해요. 가버려요!"

제19장

 생트 콜롱브 양은 아팠다. 너무 마르고 너무 허약해져 몸져누웠다. 마들렌은 임신했었다. 마랭 마레는 감히 그녀의 소식을 물어보지 못했으나 하루는 투아네트에게 전갈을 보내, 비에브르에 있는 공동 세탁장에서 만났다. 말에게 건초를 주던 마레는 투아네트에게 마들렌의 임신 소식을 물었다. 마들렌은 사산아를 낳았다. 그는 투아네트에게 꾸러미 하나를 건넸고, 투아네트는 그것을 언니에게 전해주었다. 그 안에는 마레가 자기 아버지에게 부탁해 만든 소가죽 끈 매듭의 노란 슈즈가 들어 있었다. 마들렌은 그것을 난로 속에 던져 태워버리려고 했으나 투아네트가 말렸다. 그녀는 다시 기운을 차렸다. 『사막의 신부(神父)들』을 읽었다. 시간은 흘러갔고, 마랭 마레는 더 이상 찾아오지 않았다.

1675년, 마랭 마레는 륄리 경과 함께 작곡을 했다. 1679년에는 케녜가 죽었다. 마랭 마레는 스물세 살의 나이에 그의 첫 스승이었던 케녜 씨의 자리를 물려받아 왕실 실내악단의 상임 단장에 임명되었다. 그는 륄리 경 옆에서 오케스트라 지휘를 담당했다. 그는 오페라들을 작곡했다. 카트린 다미쿠르와 결혼하여 열아홉 명의 자식을 낳았다. 포르루아얄 납골당을 열던 해(그해 왕은 벽들을 밀어버릴 것과 아몽과 라신의 시신을 파낼 것을, 그 시신을 개에게 줄 것을 문서로 명했다), 그는 「꿈꾸는 여인」을 다시 작업하기 시작했다.

1686년 그는 생퇴스타슈 성당 근처에 있는 주르 가에 살았다. 투아네트는 파르두 씨의 아들한테 시집갔다. 파르두 씨처럼 그의 아들도 시테의 현악기 제조자였고,

투아네트는 자식을 다섯 두었다.

제20장

 아내가 그 옆에 온 것을 아홉번째 느낀 때는 봄이었다. 1679년 6월 대(大)박해가 있던 해였다. 그는 탁자 위에 포도주와 고프레를 담은 접시를 꺼내놓았다. 그는 오두막에서 연주했다. 그는 순간 연주를 멈추며 그녀에게 말했다.
 "당신은 죽었는데 어떻게 여기 올 수 있는 거요? 내 나룻배는 어디 있소? 내가 당신을 볼 때 흐르는 내 눈물은 어디 있소? 이게 정녕 꿈이란 말이오? 아니면 내가 미친 거요?"

"불안해하지 말아요. 당신 나룻배는 강가에서 오래전에 썩었어요. 저곳 세상은 당신 배처럼 그렇게 견고하지 않아요."

"당신을 만질 수 없어 고통스럽소."

"바람 말고는 만질 게 하나도 없어요."

아내는 사자(死者)처럼 천천히 말했다. 그리고 덧붙였다.

"바람이 되면 고통이 없을 거라고 생각해요? 가끔이 바람은 우리에게까지 약간의 음악 조각들을 실어 나른답니다. 가끔 빛은 당신의 눈빛에까지 우리 모습의 조각들을 던진답니다."

그리고 그녀는 말이 없었다. 그녀는 남편의 손을 바라보았다. 그의 손은 비올라 다 감바의 붉은 나무 위에 놓여 있었다.

"말할 줄 모르는 사람이 된 거 같아요! 여보, 왜 그래요? 연주해요." 그녀가 말했다.

"그렇게 아무 말 없이 무엇을 보는 거요?"

"그러니까 연주해요! 비올라 다 감바 나무 위에 놓인 당신의 늙은 손을 보고 있어요."

그는 순간 몸이 굳었다. 그는 아내를 바라보았고, 이어 난생처음으로, 아니 지금까지 한 번도 제대로 본 적 없는 자신의 수척하게 여윈, 피부가 다 갈라진 누런 손을 바라보았다. 그는 자신 앞에 두 손을 놓았다. 거뭇한 검버섯이 피어 있었다. 그는 행복했다. 이런 노화의 표시는 아내에게 혹은 아내의 상태에 가까워지고 있다는 뜻이었다. 그의 심장은 기뻐 끊어질 듯 뛰었고, 손가락은 마구 떨렸다.

"내 손, 아, 당신은 내 손을 말하는 거였군." 그가 말했다.

제21장

이 시각, 태양은 이미 사라지고 없었다. 하늘은 비가 올 듯 먹구름으로 가득 찼고 어둑했다. 대기는 습기로 가득 차 당장이라도 소나기가 퍼부을 것 같았다. 한 남자가 비에브르 강을 따라 걷고 있었다. 그는 집과 작은 탑을 다시 보았고, 집을 둘러싸고 있는 높은 벽에 시선이 멎었다. 멀리서, 이따금씩 스승의 비올라 다 감바 소리가 들렸다. 그는 그 소리에 가슴이 먹먹해졌다. 강을 따라 이어진 벽을 따라갔고, 강물이 불어 맨몸을 다 드러낸 한

나무의 굵은 밑동을 움켜잡고, 마침내 벽을 따라 돌아, 생트 콜롱브 영지에 속한 강의 비탈길로 들어섰다. 큰 버드나무는 이젠 거의 몸통만 남아 있었다. 나룻배는 더 이상 거기 있지 않았다. 그는 생각했다. '버드나무는 썩었다. 나룻배는 가라앉았다. 나는 분명 지금은 어머니가 된 그 딸들을 사랑했다. 그녀들의 아름다움을 알지.' 그는 장딴지 주변으로 몰려드는 닭들도 거위들도 쳐다보지 않았다. 마들렌은 더 이상 여기 살지 않았다. 옛날에 그녀는 저녁이면 오두막으로 거위와 닭 들을 들여보냈고, 밤에는 꽥꽥대고 꼬꼬댁거리는 소리와 부르르 몸을 떠는 소리가 들렸다.

그는 비올라 다 감바 소리에 이끌려, 벽의 그림자 속으로 미끄러져 들어갔고, 비옷으로 온몸을 감싼 채 스승의 오두막 나무판자 벽에 귀를 바짝 대었다. 그것은 긴 탄식과 같은 아르페지오였다. 그 당시 젊은 쿠프랭*이 생

---

* 쿠프랭 가(家)는 16~19세기에 활약한 뛰어난 음악가 집안이다. 대대로 파리 생제르베 성당의 오르가니스트를 지냈다. 프랑수아 쿠프랭(François Couperin, 1668~1733)이 가장 유명하다.

제르베 성당의 파이프오르간으로 즉흥 연주했던 곡과 흡사했다. 창문의 작은 틈새 사이로 촛불 한 줄기가 새어 나왔다. 이어 비올라 다 감바의 울림이 멈추었을 때, 그는 누군가가 말하는 소리를 들었다. 대답은 잘 들리지 않았다.

"내 손, 아, 당신은 내 손을 말하는 거였군!" 그가 말했다.

그리고 이어 말했다.

"그렇게 아무 말 없이 무엇을 보고 있는 거요?"

한 시간쯤 지나, 마레 씨는 그가 올 때 왔던 험난한 길을 다시 택해 출발했다.

제22장

    1684년 겨울, 버드나무 하나가 얼음 무게에 짓눌려 부러졌고, 강은 망가져 있었다. 나뭇잎 사이로 숲속 나무꾼의 집이 보였다. 생트 콜롱브 씨는 버드나무가 부러진 일에 몹시 동요했다. 딸 마들렌의 병이 예사롭지 않아 보였다. 그는 큰딸의 침대 옆으로 갔다. 고통스러웠다. 무슨 말이든 하고 싶었으나 아무 말도 할 수 없었다. 그 늙은 손으로 뼈만 앙상하게 남은 딸아이의 얼굴을 어루만졌다. 아버지가 다시 찾아온 어느 날 저녁 마들렌은 예전에 마레 씨가 자기를 사랑했을 때 작곡했던 「꿈꾸는 여인」을 연주해달라고 부탁했다. 그는 거절했고 몹시 격노하여 방을 나왔다. 하지만 생트 콜롱브 씨는 조금 뒤 사람을 보내 섬에 있는, 파르두 씨 아틀리에에 있는 투아네트를 찾아오라 일렀고 마레에게 이 사실을 알릴 것을 당부했다. 커다란 슬픔이 뒤따랐다. 생트 콜롱브 씨는 열 달 동안 아무 말도 하지 않았을 뿐만 아니라, 비올라 다 감바에는 손도 대지 않았다. 이런 혐오감이 생긴 것은 처음이었다. 귀노트는 죽었다. 그녀를 갈망했지만 아무 짓도 하지 않았고, 등까지 풀어헤친 그녀의 머리카락도 결코 만지지 않았다. 이제 그 어떤 누구도 아르덴산 도제 파이프 담배와 작은 포도주 단지를 가져다주지 않았다. 그는 하인들에게 고미 다락방에 자러 가거나 카드놀이를 하러 가도 괜찮다고 했다. 그는 오두막에서 촛불과 함께 탁자 옆에 앉아 혼자 있는 것을 즐겼다. 그는 읽지 않았다. 붉은 모로코가죽 장정의 음악 노트를 펼치지 않았다. 음악을 하겠다며 자신을 찾아온 사람들을 무심하게 맞았다. 그것은 자기를 방해하는 일은 하지 말아달라는 뜻이었다.

그 시각, 저녁 늦게 마레 씨가 왔다. 그는 나무판자 벽면에 귀를 바짝 대었다. 들리는 것은 침묵이었다.

제23장

어느 날 오후 투아네트와 뤼크 파르두가 마레 씨를 찾아왔다. 그때 마레 씨는 베르사유에서 업무를 보고 있었다. 마들렌 드 생트 콜롱브는 갑자기 심한 열에 시달렸는데 천연두 때문인 듯했다. 다들 그녀가 죽을까 봐 무서웠다. 한 보초병이 실내악단장에게 와서 투아네트가 포석 깔린 뜰에서 기다리고 있다고 알려주었다.

발뒤꿈치에 황금색과 붉은색 술이 달린 신발과 레이스 장식의 거추장스러운 모습으로 그가 도착했다. 마랭 마레는 심란한 표정이었다. 손에 보초병이 건넨 쪽지를 그대로 든 채, 자기는 갈 수 없다는 말부터 했다. 그리고 마들렌이 지금 몇 살인지 물었다. 그녀는 선왕이 죽은 해에 태어났다. 그러니 서른아홉 살이었고, 언니는 마흔을 소녀처럼 보낸다는 생각을 참을 수 없었다고 투아네트가 말했다. 투아네트의 남편 파르두 씨는 그것보다 마들렌의 정신이 이상해진 것 같다고 말했다. 그녀는 겨로 만든 빵을 먹기 시작했고, 고기는 일절 입에도 대지 않는다는 것이었다. 지금은 귀뇨트를 대신하는 여자가 숟가락으로 떠서 겨우 음식을 먹이고 있다고 했다. 생트 콜롱브 씨는 딸에게 살 수 있다는 희망을 심어주기 위해 으깬 복숭아 즙을 먹여야겠다는 생각을 했다. 그것은 아내를 떠올리다 갑작스레 나온 엉뚱한 생각이었다. 투아네트가 생트 콜롱브 씨라는 이름을 꺼내자 마레 씨는 손을 자신의 눈에 갖다 대었다. 마들렌은 먹은 것을 다 토했다. 사람들이 천연두는 신성한 곳에서, 수도원 같은 곳에서 치료된다고 말하면, 마들렌 드 생트 콜롱브는 신성한 것, 그것은 아버지가 하시는 일이며, 수도원, 그것은 비에브르의 바로 이곳이라고 대꾸했다. 이런 식이니 그녀를 다시 살리기란 불가능한 일처럼 보였다. 얼굴이 흉해진 것에 관해서도 그녀는 동정하지 말 것을 요구했다. 이미 그녀는 엉겅퀴처럼 말랐고, 엉겅퀴처럼 볕났다. 예전엔 한 남자가 그녀의 젖가슴 때문에 그녀를 떠나기까지 했다. 그녀가 고통으로 메말랐을 때, 그녀의 젖가슴은 개암나무 열매처럼 딱딱했다. 뷔르 씨 혹은 랑슬로 씨의 영향이라고는 꼭 말할 수 없어도 그녀는 더 이상 영성체를 하지 않았다. 그러나 독실했다. 여러 해 동안 기도하러 예배당에 갔다. 오르간이 있는 누대에 올라갔고, 성가대와 제단 주변의 포석을 바라보았다. 그녀는 이 음악을 신에게 바친다고 말하곤 했다.

　마레 씨가 생트 콜롱브 씨는 어떻게 지내냐고 물었다. 투아네트는 잘 지낸다고 대답했다. 하지만 「꿈꾸는 여인」이라는 제목의 곡은 연주하고 싶어 하지 않는다고 말했다. 그로부터 여섯 달이 지났다. 마들렌은 정원에서 잡초를 뽑고, 꽃씨를 심었다. 너무 쇠약해져 이제는 예배당에 갈 수도 없었다. 넘어지지 않고 아직은 걸을 수 있을 때, 저녁이면 혼자서 아버지 식사 시중을 들려고 했다. 아마도 겸허함으로, 아니 먹는다는 것에 대한 불쾌감으로 아버지 의자 뒤에 가만히 선 채. 파르두 씨는 마들렌이 자기 아내에게 밤에 촛농으로 맨팔을 지졌다는 말을 했다고 했다. 마들렌은 투아네트에게 팔 위쪽에 난 상처를 직접 보여주었다. 그녀는 잠을 자지 않았다. 그녀의 아버지도 마찬가지였다. 아버지는 그녀가 달 아래에서 닭장 근처를 오고 가는 것을 보았고, 풀 속에 무릎을 꿇고 있는 것을 보았다.

제24장

투아네트는 마랭 마레를 설득했다. 생트 콜롱브 씨가 그와 마주치지 않도록 그녀는 먼저 아버지에게 알린 후 그를 데려갔다. 마들렌의 방에서는 곰팡이 핀 비단 냄새가 났다.

"당신은 화려하고 번들거리는 리본들에 싸여 있군요." 마들렌 드 생트 콜롱브가 말했다.

그는 당장은 아무 말도 하지 않았고 침대 옆으로 앉은뱅이 의자를 밀었다. 앉으니 의자가 너무 낮았다. 그래서 마치 키가 커서 불편한 사람처럼 팔을 침대 기둥에 기대고 그냥 서 있었다. 마들렌은 그의 푸른색 새틴 천 반바지 위가 너무 꽉 조이는 것을 보았다. 움직일 때마다 엉덩이가 꽉 끼었고, 아랫배가 접혔고, 성기는 불룩해 보였다. 그녀가 말했다.

"베르사유에서 여기까지 와주셔서 고마워요. 전에 당신이 저를 위해 작곡하고 출판한 곡을 연주해주었으면 좋겠어요."

그는 「꿈꾸는 여인」을 말하는 거냐고 물었다. 그녀는 그를 똑바로 응시하며 말했다.

"네. 왜인 줄은 아시죠?"

그는 아무 말이 없었다. 그가 침묵한 채 고개를 숙였다. 그리고 불쑥 투아네트를 돌아보며 마들렌의 비올라 다 감바를 가져다 달라고 부탁했다.

"당신 뺨이 쏙 들어갔소. 당신 눈도. 손은 정말 야위었군." 투아네트가 자리를 뜨자 그는 겁에 질린 표정으로 그렇게 말했다.

"당신에겐 매우 미묘한 객관적 사실이죠."

"당신 목소리는 옛날보다 훨씬 낮군."

"당신 목소리는 높군요."

"당신에게 어찌 괴로움이 없겠소. 이렇게 말랐는데."

"최근에 내게 고통이 있었는지는 모르겠어요."

마랭 마레는 그녀를 덮고 있던 이불에서 흠칫 손을 뗐다. 그리고 방 벽에 등을 기댈 정도로 뒤로, 창문 구석 그림자 속으로 물러났다. 그가 나지막이 말했다.

"날 원망하오?"

"네, 마랭."

"내가 전에 당신에게 했던 짓을 아직도 증오하오?"

"당신 때문만은 아니에요. 나 자신에 대한 분노 때문이기도 했어요. 처음에는 당신에 대한 추억으로 날 이렇게 말라비틀어지게 내버려두었고, 그다음에는 순전히 슬픔 때문에 이렇게 되었어요. 난 티토노스*의 뼈나 다름없어요."

* 티토노스는 새벽의 여신 에오스의 사랑을 받았다. 에오스는 그를 사랑해 제우스에게 그의 영원불멸을 부탁했으나 영원한 젊음을 당부하는 것은 잊는다. 티토노스는 말라비틀어져 늙어간다. 그러자 에오스는 그를 버린다.

마랭 마레는 웃었다. 그는 침대로 다가갔다. 그는 전에 그녀가 아주 뚱뚱했다고 생각한 적이 단 한 번도 없다고 말했다. 그러면서 자신의 손을 그녀의 허벅지에 올리고 손가락으로 어루만졌다. 그녀의 허벅지는 그의 손가락에 다 잡혔다.

"농담도 아주 잘하시는군요!" 그녀가 말했다. "당신의 아내가 되고 싶었어요!"

마들렌은 갑자기 침대 시트를 벗겼다. 마레 씨는 황급히 뒤로 물러나면서 펴져 있던 침대 커튼을 떨어뜨렸다. 마들렌은 침대에서 내려오려고 슈미즈를 젖혔고 그때 그녀의 엉덩이와 완전히 드러난 음부가 보였다. 그녀는 작은 신음을 토하며 맨발을 포석 바닥에 올려놓았고, 손으로 슈미즈 자락을 잡아당기며 움켜쥐더니 그에게 보여주며 말했다.

"당신이 내게 준 사랑은 이 슈미즈 자락보다도 얇아요."

"그건 아니오."

그들은 잠시 아무 말도 하지 않았다. 그녀는 마랭 마

레의 리본 장식으로 가득 찬 손목 위에 자신의 야윈 손을 올려놓으며 말했다.

"연주해줘요, 제발."

그녀는 다시 침대 위로 올라가려고 했으나 침대가 너무 높았다. 그는 그녀의 마른 엉덩이를 밀어 올려주었다. 그녀는 쿠션만큼이나 가벼웠다. 그는 돌아온 투아네트가 손에 건네준 비올라 다 감바를 잡았다. 투아네트는 커튼 줄을 찾아 침대 커튼을 다시 맸다. 그는 「꿈꾸는 여인」을 연주하기 시작했고, 마들렌은 조금만 천천히 하라며 잠시 그를 멈추게 했다. 그는 다시 연주했다. 그녀는 불타는 눈빛으로 그가 연주하는 것을 바라보았다. 그녀는 눈을 감지 않았다. 연주하는 그의 몸을 하나하나 뜯어보았다.

제25장

그녀는 숨을 내쉬었다. 그리고 격자무늬 창유리에 눈을 갖다 댔다. 거기 생긴 희끄무레한 자국 사이로 마차에 올라타는 동생을 거드는 마랭 마레가 보였다. 그도 황금색, 붉은색 술이 달린 발뒤꿈치를 마차 계단에 올려놓았고, 몸을 밀어 넣고는 황금빛 문을 닫았다. 밤이 왔다. 그녀는 맨발로 촛대를 찾았고, 옷장을 뒤졌다. 네 발로 기다시피 해서 약간 탄, 아니 적어도 딱딱하게 굳어버린 낡은 노란 슈즈를 꺼내왔다. 한 손으로는 벽을 짚고 또한 손으로는 치맛자락을 부여잡고 다시 겨우 일어나 촛대와 슈즈를 들고는 다시 침대로 왔다. 그리고 그것을 침대 머리맡 탁자 위에 놓았다. 그녀는 거친 숨을 토했다. 내쉬는 숨의 4분의 3이 바싹 말라버린 것 같았다. 그녀는 중얼거렸다.

"그는 갖바치가 되고 싶지 않았던 거야."

그녀는 이 말을 반복하면서 허리를 침대 매트리스와 그 아래 나무 가장자리에 기댔다. 그리고 촛대 바로 옆에 놓인 노란 슈즈의 구멍에 끼워진 굵은 끈을 빼냈다. 그런 다음 섬세하게 매듭을 졌다. 그녀는 다시 일어서서 마랭 마레가 가져다 앉았던 앉은뱅이 의자를 자기 가까이에 놓았다. 그 의자를 창문에서 가장 가까운 들보 밑에 끌어다 놓고는 침대 커튼 자락을 잡고 의자 위에 올랐다. 위에 보이는 두꺼운 못에 노란 슈즈 끈 매듭을 다섯 번 혹은 여섯 번을 돌려 고정시켰다. 그리고 머리를 그 매듭 사이에 집어넣고 조였다. 그녀는 앉은뱅이 의자를 넘어뜨리는 데 한참을 애먹었다. 발길질을 하며 몸부림을 치다 마침내 앉은뱅이 의자가 넘어졌다. 그녀의 발이 허공에 떴을 때 그녀는 한 줌의 소리를 토했다. 갑작스러운 요동에 무릎이 들렸다.

제26장

 세상의 모든 아침은 다시 오지 않는다. 몇 해가 흘렀다. 생트 콜롱브 씨는 일어나면 보쟁 씨의 그림을 손으로 어루만졌고 슈미즈를 걸쳤다. 그는 오두막을 치우러 갔다. 그는 이제 정말 노인이었다. 큰딸이 목을 매기 전 심었던 꽃들과 작은 떨기나무들을 보살폈다. 그리고 불을 피우고 우유를 데웠다. 오목한 사기 접시를 꺼내 거기 걸쭉한 죽을 붓고 으깼다.
 마레 씨는 생트 콜롱브 씨 오두막 밑에서 뼈가 다 시

릴 정도로 비를 맞고 재채기를 하다 들켜 쫓겨난 이후로 다시는 그를 보지 못했다. 마레 씨는 자신은 모르나 생트 콜롱브 씨는 아는 그 곡에 대한 기억을, 세상에서 가장 아름다운 그 곡에 대한 기억을 늘 간직하고 있었다. 가끔 그는 마들렌이 비밀이라는 봉인 아래 자신에게 속삭였던 제목들을 기억해내느라 밤중에 잠을 깼다. 「눈물들」「하계들」「아이네이스의 그림자」「카론의 배」. 단 한 번 들을까 말까 한 이 곡들을 듣지 못하고 사는 것을 아쉬워했다. 생트 콜롱브 씨는 작곡한 곡을 출판하지도 않았고, 스승이었지만 그에게 가르쳐주지도 않았다. 스승이 돌아가시면 이 작품들이 영영 사라지고 말 것이라고 생각하니 마레 씨는 괴로웠다. 마레는 자신의 인생이 어떻게 될지, 미래 시대는 어떻게 될지 알 수 없었다. 너무 늦기 전에 그 곡들을 알고 싶었다.

그는 베르사유를 떠났다. 비가 오나 눈이 오나 밤을 달려 비에브르로 향했다. 말 울음소리를 들을 수도 있으므로 옛날에 그랬던 것처럼 주이 도로에 있는 세탁장에 말을 묶어두고 습기 찬 길을 따라 강가의 벽을 휘감아 돌아 축축한 오두막 밑으로 미끄러져 들어갔다.

생트 콜롱브 씨는 이 곡들을 연주하지 않았다. 아니 마레 씨가 알 수도 있을 만한 곡들은 전혀 연주하지 않았다. 사실 생트 콜롱브 씨는 이제는 거의 연주를 하지 않았다. 긴 침묵으로 가만히 있거나 가끔 혼잣말을 하는 게 전부였다. 3년 동안 거의 매일 밤 오두막에 와서 마레 씨는 속으로 이렇게 말했다.

'오늘 저녁에는 연주할까? 아니 밤이 나을까?'

제27장

    드디어 1689년, 23일째 되던 날 밤, 추위는 살을 에는 듯 매서웠고 땅은 싸락눈으로 뒤덮여 있었으며, 바람은 눈과 귀를 찔렀다. 그날도 마레 씨는 세탁장까지 말을 달렸다. 달이 휘영청 밝았다. 구름 한 점 없었다. '아, 오늘 밤은 그지없이 맑고, 공기는 산뜻하며, 하늘은 더없이 차갑고 깊다. 달은 둥그렇고, 땅에서는 말발굽 소리가 울려 퍼진다. 아마 오늘 저녁일지 몰라.'

    그는 검은 케이프로 몸을 완전히 감싸고 추위 속에

자리를 잡았다. 어찌나 지독하게 춥던지 온몸에 양가죽을 뒤집어쓰고도 엉덩이가 시렸다. 성기는 완전히 쪼그라들고 얼어붙었다.

그는 엿들었다. 얼어붙은 나무판자에 귀를 바짝 대고 있으려니 귀가 시리고 아팠다. 생트 콜롱브는 비올라 다 감바 현을 멍하니 퉁겨대며 놀고 있었다. 활로 우울한 톤을 몇 줄 그었다. 이따금, 마치 자주 그러는 사람처럼 혼잣말을 했다. 그러고는 그걸로 끝이었다. 그의 연주는 무심한 듯, 노쇠한 듯, 황량한 듯했다. 마레 씨는 생트 콜롱브 씨가 되새김질하듯 이따금씩 내뱉는 단어들을 들어보려고 나무판자 틈새로 귀를 더 바짝 댔다. 그러나 무슨 말인지 알아들을 수 없었다. '으깬 복숭아' '나룻배' 같은 단어를 들은 것도 같았으나 의미를 잃어버린 이상한 단어 몇 개만 잡힐 뿐이었다. 생트 콜롱브 씨는 예전에 연주회에서 딸들과 함께했던 「샤콘 뒤부아」를 연주했다. 마레 씨는 그 주요 테마를 알 수 있었다. 곡은 장중하게 끝이 났다. 바로 그때 한숨 소리가 들렸다. 생트 콜롱브 씨는 아주 낮은 목소리로 한탄했다.

"아, 나는 너무 늙어버린 그림자들하고만 말을 하고 있군. 갈 사람은 가야 하는데. 아, 만일 나 말고 음악을 아는 누군가가, 살아 있는 누군가가 이 세상에 있다면! 우리가 화답을 할 텐데. 그에게 맡기면 나는 죽을 수 있을 텐데."

그때 마레 역시 밖에서 추위에 떠느라 한숨을 내쉬었다. 또다시 한숨을 토하다 그는 그만 오두막 문을 건드렸다.

"게 누구요? 고요한 이 밤에 한숨을 쉬는 자가?"

"궁을 도망쳐서 음악을 찾는 이요."

생트 콜롱브 씨는 무슨 말인지 이해했고, 기뻤다. 그는 몸을 앞으로 숙이고 활로 문을 밀어 문 사이로 밖을 내다보았다. 한줄기 빛이 새어 나갔으나 그 빛은 밝은 달에서 떨어지는 빛보다 더 가냘팠다. 마랭 마레는 그 열린 틈 앞에서 몸을 웅크리고 있었다. 생트 콜롱브 씨는 몸을 앞으로 숙이고 거기 있는 얼굴에게 말했다.

"음악에서 무엇을 찾으시오?"

"회한과 눈물을 찾습니다."

그러자 그는 오두막 문을 완전히 밀면서 일어났다. 그의 몸이 흔들렸다. 그는 들어오는 마레 씨에게 격식을 차려 인사했다. 그들은 침묵으로 시작했다. 생트 콜롱브 씨는 앉은뱅이 의자에 앉아 마레 씨에게 말했다.

"앉으시오!"

마레 씨는 앉았다. 아직도 양털 가죽을 쓰고 있어 자세가 불편한지 팔이 계속 건들거렸다.

"선생님, 마지막 수업을 부탁드려도 되겠습니까?" 마레 씨가 갑자기 활기를 띠며 물었다.

"내가 첫 수업을 해도 되겠소?" 생트 콜롱브 씨는 잘 들리지 않는 소리로 대꾸했다.

마레 씨는 고개를 끄덕였다. 생트 콜롱브 씨는 헛기침을 했고, 하고 싶은 말이 있다고 했다. 그는 거칠고 떨리는 목소리로 말했다.

"그것은 어려운 일일세. 음악은 말이 말할 수 없는 것을 말하기 위해 그저 거기 있는 거라네. 그런 의미에서 음악은 반드시 인간의 것이라고 할 수 없지. 음악이 왕을 위한 것이 아님을 알았는가?"

"그건 신을 위한 것임을 알았습니다."

"그렇다면 자넨 틀렸네. 신은 말하지 않는가."

"그럼 귀를 위한 것입니까?"

"내가 말할 수 없는 것이 귀를 위한 것은 아니네."

"그럼 황금을 위한 것입니까?"

"아니. 황금은 들을 수 없지."

"영광입니까?"

"아니네. 그건 명성에 불과하네."

"그럼 침묵입니까?"

"그건 언어의 반대말에 불과하네."

"경쟁하는 음악가입니까?"

"아냐!"

"사랑입니까?"

"아냐."

"사랑에 대한 회한입니까?"

"아니네."

"단념을 위한 겁니까?"

"아니야, 아니야."

"보이지 않는 자에게 바치는 고프레를 위한 겁니까?"

"그것도 아니네. 고프레가 뭔가? 그건 보이지 않나. 맛이 나고. 그건 먹는 거 아닌가. 그건 아무것도 아니네."

"더는 모르겠습니다, 선생님. 죽은 자들에게 한 잔은 남겨놓아야 한다고 생각합니다."

"자네 자신을 태우게나."

"언어가 버린 자들이 물 마시는 곳. 아이들의 그림자. 갖바치의 망치질. 유아기 이전의 상태. 호흡 없이 있었을 때. 빛이 없었을 때."

얼마 후 음악가의 그 늙고 뻣뻣한 얼굴 위에 미소가 번졌다. 그는 자신의 야윈 손으로 마레의 포동포동한 손을 잡았다.

"자넨 방금 내 한숨 소리를 들었겠지? 나는 곧 죽네. 내 예술도 나와 함께. 내 닭들과 거위들만 날 아쉬워하겠지. 죽은 자들을 깨울 하나, 아니 두 곡조를 자네에게 맡김세. 자!"

그는 일어서려다 잠시 멈추었다.

"그보다 먼저 죽은 내 딸 마들렌의 비올라 다 감바를 찾으러 가세.「눈물들」과「카론의 배」를 자네에게 들려주겠네.「회한의 무덤」전체를 들려주겠어. 내 제자들 가운데 그걸 들을 만한 귀를 가진 자를 아직 찾지 못했네. 자네가 날 따라와주겠나."

마랭 마레는 그를 팔로 부축했다. 그들은 오두막 계단을 내려왔고 집으로 향했다. 생트 콜롱브 씨는 마레에게 마들렌의 비올라 다 감바를 건넸다. 비올라 다 감바는 먼지로 뒤덮여 있었다. 그들은 소매로 먼지를 닦았다. 그러고 나서 생트 콜롱브 씨는 둥글게 말린 고프레 몇 개를 주석 접시에 가득 담았다. 두 사람은 포도주 병과 비올라 다 감바와 포도주 잔들과 접시를 가지고 오두막으로 다시 돌아왔다. 마레 씨는 검은 케이프와 양털 가죽을 벗어서 바닥에 던져놓았고, 생트 콜롱브 씨는 자리를 만들고 오두막 한가운데, 하얀 달이 보이는 천창 가까이, 글 쓰는 탁자 바로 옆에 앉았다. 그는 손가락을 입술에 스쳐 침을 묻히더니 접시 바로 옆 짚에 싸인 포도주 항아리에서 떨어진 붉은 포도주 두 방울을 닦았다. 생트 콜롱브 씨는 붉은 모로코가죽 장정의 음악 노트를 펼쳤고, 마레 씨는 그의 잔에 잘 익은 붉은 포도주를 약간 따랐다. 마레 씨는 촛대를 음악 노트 가까이에 놓았다. 그들은 노트를 바라보고, 다시 덮고, 앉아서, 조율했다. 생트 콜롱브 씨는 허공에서 손을 저으며 박자를 세었다. 그들은 손가락으로 현을 짚었다. 그렇게 두 사람은 「눈물들」을 연주했다. 두 비올라 다 감바의 선율이 올라가는 순간 두 사람은 서로를 바라보았다. 두 사람의 눈에서 눈물이 흘렀다. 천창을 뚫고 들어온 빛이 오두막 안에 퍼졌고 그 빛은 어느새 노랗게 물들어 있었다. 눈물이 코에, 뺨에, 입술에 천천히 흘러내릴 때 두 사람은 동시에 웃었다. 마레 씨가 베르사유로 돌아간 것은 새벽녘이 되어서였다.

옮긴이의 말

"세상의 모든 아침은 다시 오지 않는다"
—— 현재진행형의 상실, 그 쾌감

héler. 목 놓아 부르기. 사라졌으므로, 돌아오라 온 몸으로 울부짖기. 키냐르는 '번역'의 느낌을 'héler'라는 말로 옮기곤 한다. 분명 무언가를 느꼈는데, 그것이 온전히 되말해지지 않는다. 번역자는 현재진행형의, 그래서 더욱 괴로운 상실감을 산다. 조형화될 수 없는 이미지가 불쑥 환기되거나, 발설된 언어에 가만히 침묵이 체류하고 있거나, 도저히 언어로 말해질 수 없는 것이, 묘사나 서사가 아니라 문법이라는 수단만으로 어떤 감각을 일깨

우곤 하는 키냐르의 언어를 우리말로 옮길 때 이런 상실감은 더욱 크다. 가령 '거리 두기'와 '심연에 빠지기' 둘 다를 동시에 가능하게 만드는 키냐르의 단순과거는 우리말로 잘 옮겨지지 않는다. 시제는 온다. 그러나 시간 속에 놓인 우리 몸이 지각하는 그 생리적 느낌은 오지 않는다. 단순과거passé simple는 문자 그대로 '단 한 번 잡힌 주름sim-ple' 같은 과거이다. 시간을 결코 나누거나 측정하지 않는 부정(不定)과거. 시작도 끝도 경계도 없는 막막한 심연, 거대한 대양에 빠진 무아지경. 번역자는 이것을 온몸으로 느끼고도 되말하지 못하므로 경색된다. 강렬하게 느꼈기에 번역하고 싶은 충동과 그것을 결코 할 수 없는 무능 사이에서 추락한다.

"세상의 모든 아침은 다시 오지 않는다Tous les matins du monde sont sans retour."(113쪽) 키냐르는 『세상의 모든 아침』에서 '현재진행형'의 상실을 다양한 상으로 은유하고 환유한다. 사실상 원천적으로 만물에 '재귀retour'는 없다. 계절은 재귀하나, 매번 처음 온 것이다. 완료된 상실은 허탈감을 남기나, 현재진행형의 상실은 눈을 스르르 감게 만든다. 알랭 코르노의 영화「세상의 모든 아침」(1991)에서 나이 든 마랭 마레(제라르 드파르디외 역)는 가르침을 독촉하는 한 목소리에게 눈을 감은 채 말한다. "모든 음은 죽어가며 끝나야 한다Toutes notes doivent finir en mourant." 그 어떤 예외도 없이 생(生)한 것은 반드시 멸하는가? 생(生)이 그렇다면 시(時)도, 음(音)도, 상(想)도 그러한가? 이들은 이를 모두 무심하게 행하는데, 우리는 왜 무심하지 못한가? 이것이 키냐르가 매료당한 현재진행형의 상실이다. 『세상의 모든 아침』은 음악을, 예술을, 사랑을 말하나 그 말 뒤에는 시(時)라는, 생(生)이라는 배후가, 심연이 있다.

    키냐르는 자신의 텍스트가 언어이자 침묵이 되기를 소망한다. 이것은 다른 말로 음악이 되기를 소망하는 일이다. "음악은 침묵이 아니네. 음악의 소리는 침묵을 끊지 않는 소리 아닌가."(『음악 수업』) 키냐르는 『세상의 모든 아침』의 전신 같은 작품인 『음악 수업』에서 중국 춘추전국시대의 음악가 쳉 리엔과 그 제자 포 야의 전설을 환기하며 다 맞아들이면서도 다 흘려보내는, 자연의 본성을 닮은 음악의 본성을 확인했다. 음악이 시간이라는 길게 누워 흐르는 강을 껴안고 함께 가는 것이라면, 언어는 강물 위로 튀어 오르는 잉어처럼 시간을 이따금 박차고 나온다. 음악이 현재진행형의 상실이라면, 언어는 완료형의 상실이다. 음악이 진행 중인 사랑이라면, 언어는 끝나버린 사랑이다. 인간의 언어에 늘 되말하지 못한 것에 대한 자책과 오기가 배어 있는 것은 그 때문이다.

『세상의 모든 아침』은 첫 문장부터 상실로 시작한다. "1650년 봄, 생트 콜롱브 부인이 죽었다."(7쪽) 생트 콜롱브는 비올라 다 감바의 현을, 저 낮은 제7현을 뜯는다. 망자를 불러내기 위해서는 산 자의 온몸이 숙여져야 한다. 양다리 사이에 악기를 놓고 온몸을 악기에 밀착하는 비올라 다 감바의 고안은 분리된 두 개체의 완전한 합일을 위한 몸짓이다. 그것은 '사랑하기'의 형상이다. 전격적인, '라신'적인, 맹목적인, 혹은 '모노가미'적인 일원적 사랑만이 키냐르를 매혹한다. '라디칼리스트radicaliste'인 키냐르는 단 하나의 사랑, 단 하나의 비밀만을 좋아한다.

키냐르의 '하나'는 외계에 독립적으로, 직립적으로 존재하는 하나의 영상, 하나의 모델이 아니다. 키냐르는 모델을 좇아 앞으로 진격하는 자가 아니다. 키냐르는 이미 있던 원초 세계, 자신이 빠져나온 곳으로 되돌아가고 싶은 '퇴행자'다. 그러나 되돌아갈 수 없으므로 자신의 몸을 뒤로 빼며 계속해서 물러난다. 얼굴은 돌리지 않은 채 뒤로 낙하하는 형상으로. 키냐르의 '모노가미' 혹은 '모노'에 대한 탐색은 함몰을 통한 완전한 합일에 대한 욕구이다. 타자를 '향한' 사랑이라기보다 타자 '속'으로 들어가기, 먹히기. 알랭 코르노의 영화 「세상의 모든 아침」이 스승과 제자의 이분된 세계를 부각했다면, 자신의 『세상의 모든 아침』은 생트 콜롱브 씨와 생트 콜롱브 부인의 사랑, 이승과 저승 사이의 경계도 없는 '모노'적인 세계가 그 근원적 배경이라고 키냐르는 말한다. 태고부터 '일부일처제'였던 되새들에게까지 매혹되는 키냐르에게 '모노'는 하나로 끼워 맞추어져 함몰되는, 녹아 흐르는 강이다.

짚에 싸인 포도주 병과 포도주 잔, 주석 접시에 놓인

고프레, 죽은 아내가 마시고 갉아먹었던 사물들이 바로 헌물이 된다. 보쟁의 정물화 속의 오브제가 된 이 사물들은 산 자와 죽은 자가 함께 나누어 먹은 음복의 제물이다. 외계에 사물로 존재하는 포도주가, 고프레가 소중한 것이 아니라 그것이 음복이 되어 사라졌으므로, 하계와 만났으므로 소중하다. 분리의 고통을 심하게 앓는 키냐르는 부드럽게 연속적인 '하나'의 세계를 이토록 갈망한다. 죽은 생트 콜롱브 부인을 '옆'에서 느끼던 생트 콜롱브 씨는 부인에게 "내 나룻배는 어디 있소"(92쪽)라고 묻는다. 두 세계를 이어주는 나룻배, 그것은 상징체계일 뿐 그 나룻배조차 없는 세계를 키냐르는 갈망한다. 생트 콜롱브 부인이 말한다. "당신 나룻배는 강가에서 오래전에 썩었어요. 저곳 세상은 당신 배처럼 그렇게 견고하지 않아요."(93쪽)

역사가 전승하지 않는 인물, 잊힌 레퍼토리, 잊힌 언어, 알지 못하는 세계, 알지 못하는 기원만을 좋아하고 탐색하는 키냐르는 생트 콜롱브라는 무명자를 발굴하고 탐색한다. 속세에서 한자리 차지했던 유명인 마랭 마레의 비올라 다 감바 스승이며, 비올라 다 감바에 현 하나를 덧붙여 더 깊은 저음을 연주했다는 기록만 가지고 키냐르는 출발했다. 생트 콜롱브 씨에 대해 알려진 일화는 거의 없다. 두 딸은 키냐르가 창작해냈다. 매우 아름다운, 가녀리면서도 호기심 가득한, 알 수 없는 불안감에 늘 시달리는 말 없는 마들렌과 다혈질에, 돌풍처럼 거친, 통통한 가슴의 투아네트의 두 세계는 생의 두 기운처럼 대조된다.

생트 콜롱브는 『로마의 테라스』의 몸므와 비슷한 성격의 인물이다. 로렌 지방의 메조틴트 판화가인 몸므는 실제로 메조틴트 기법을 고안한 인물인 루트비히 폰 지겐에서 착상되었다. 그런데 지겐은 역사적 자료가 너무 많고, 자만심 많은 인물이어서 그 인물을 포기하고 몸므라는 새로운 인물을 창작해냈다고 키냐르는 말한다. 키냐르의 주인공들은 모두 격세하는 은둔자들이거나 야망을 버린 야인들이다. 생트 콜롱브의 음악은 왕이 계시는 황금빛 궁정이 아니라 "버드나무가 있고, 강물이 흐르고, 잉어와 모샘치가 뛰어놀고, 딱총나무 꽃들이 피어 있는 곳"(25쪽)에서 탄생한다. 그는 "풀과 돌만 무성한 빈한한 길을 걸어가"(74~75쪽)도 그 누구보다 열정적인 삶을 산다.

키냐르의 주인공들은 모두 경물중생자(輕物重生者)이다. 생은 명사가 아니라 동사다. 생은 현재진행형일 뿐 '무엇'이 아니며, '무엇'을 지향하지도 않는다. 스승과 제자의 대화로 이루어진 『세상의 모든 아침』에서 제자는 '무엇'을 찾고, 스승은 '무엇'을 찾지 않는다. 프랑스어의 '왜pourquoi?'는 '무엇quoi'을 '위한pour' 것인지를 늘 물음으로써 방향을, 목적을 강박적으로 탐색시킨다. 그러나 "제 손이 비게 될 때, 맨손일 때, 그것을 살필 때, 비로소 제 손에 근원적 '왜?'를 쥐게 된다."(『심연들』) 주어진 길보다 왜 길 없는 길이, 아포리aporie가, '논리적 곤궁'이 더 끌릴까?

생트 콜롱브가 묻는다. "음악이 왕을 위한 것이 아님을 알았는가?" 마랭 마레가 대답한다. "그건 신을 위한 것임을 알았습니다." "틀렸네." 마랭 마레가 계속해서 묻는다. "황금을 위한 것입니까?"/"그럼 침묵입니까?"/

"사랑입니까?"/"단념을 위한 겁니까?" 스승은 소리친다. "아니야, 아니야." 답은 없다. 오류는 질문 자체에 있었을 것이다. '~위한' 앞에 붙는 '무엇'에 우리의 머리가 집중하는 동안 '~위한' 또한 의미 없음이 밝혀진다. 퐁카레 부인처럼 재능을 신에게 오롯이 바치지 않고 그저 음악이 없어 견딜 수 없을 지경이 되면 몸이 지쳐 쓰러질 때까지 연주하는 것, 그 이상도 이하도 아닌 것, 그것이 음악을 비롯한 모든 예술 창작의 본질임을 키냐르는 잘 알고 있다.

"선생님, 전부터 여쭙고 싶은 게 하나 있었습니다."
"그래."
"왜 연주하시는 작품을 출판하지 않습니까?"
"아, 그게 무슨 말인가? 나는 작곡을 하지 않네. 난 절대 악보를 쓰지 않아. 내가 가끔 하나의 이름과 기쁨을 추억하며 지어내는 것은 물, 물풀, 쑥, 살아 있는 작은 송충이 같은 헌물일세."
"선생님의 물풀, 송충이 안에 음악이 어디 있는데요?"

"활을 켤 때 내가 찢는 것은 살아 있는 내 작은 심장 조각이네. 내가 하는 건 어떤 공휴일도 없이 그저 내 할 일을 하는 거네. 그렇게 내 운명을 완성하는 거지."(75쪽)

키냐르는 예술이 무엇을 위한 것도 아니고, 누구에게 제공하기 위한 것도 아니며, 무엇의 모방 또한 아니라고 말한다. 예술은 무엇일까? 미메시스, 자연의 모방일까? 두 연인처럼 활과 현이 서로 몸을 비비고, 상처를 내며 내는 소리, 이 찰현(擦絃)악기 소리에 우리는 왜 전율하는 것일까? 소리는 실체가 아니라 작용일까? 생트 콜롱브는 자기가 내는 소리가 물이며, 물풀이며, 쑥이며, 송충이, 아니 자신의 찢긴 심장 조각이라고 말한다. 새의 소리와 인간의 소리에 무슨 구별이 있을까? 바람의 소리는 또? 송충이의 몸짓과 인간의 몸짓에 무슨 구별이 있을까? 물풀의 몸짓은 또? 두 눈을 강타하는 언덕 바람을 헤치며 스승이 외친다. "들리나! 아리아가 저음에서 어떻게 나오는지?"(57쪽) 눈 속에 구멍을 뚫는 소년의 뜨거운 오줌 소리와 눈 입자 소리가 한데 뒤섞인 소리에 스승이 외친다. "꾸밈음 스타카토가 저걸세!"(63쪽) 또 『음악 수업』에서 스승 쳉 리엔은 말한다. "음악은 버드나무 속에 감춰져 있지 않네." "음악은 뇌우의 끝이 아닐세. 뇌우 자체일세."

스승의 수업은 제자의 '과잉된' 자아를, 자존심을, 야심을 부러뜨리는 것에서부터 시작된다. 스승은 제자에게 모욕감을 주고 악기를 부순다. 부러진 악기는 곧 부러진 목소리로, 자기 열정을 표출하는 최초의 수단이자 최후의 수단이다. 스승이 부순 악기 파편들을 주워 모아 관을 만들고 그 앞에서 울먹이며 기도하는 포 야에게 스승 쳉 리엔은 진노하며 외친다. "악기들이 이미 관일세!"

파스칼 키냐르는 글쓰기의 열정을 언어 자체에서 찾지 않는다. 그는 미문을 추구하지 않는다. "언어는 행복의 도구가 아니며, 개인 혹은 개별적인 것의 산물이 아니다."(『은밀한 생』) 키냐르는 언어가 아니라, 언어의 근원에 닿아야 한다고 말한다. 언어의 근원은 무엇일까? 있기는 한 걸까?

작가 연보

1948   4월 23일 프랑스 노르망디 지방의 베르뇌유쉬르아브르(외르)에서 출생했다. 음악가 집안 출신의 아버지와 언어학자 집안 출신의 어머니 사이에서 키냐르는 어릴 때부터 자연스럽게 식탁에서 오가는 여러 언어(프랑스어, 독일어, 영어, 라틴어, 그리스어)를 습득하고, 여러 악기(피아노, 오르간, 바이올린, 비올라, 첼로)를 익히면서 자라난다.

1949   가을, 18개월 된 어린 키냐르는 여러 언어를 사용하

는 집안의 분위기에서 기인된 혼란 때문에 자폐증 증세를 보이기 시작하고, 언어 습득과 먹기를 거부한다. 우연히도 외삼촌의 기지로 추파춥스 같은 사탕을 빨면서 겨우 자폐증에서 벗어난다.

1950 ~58 이 기간을 르아브르에서 보내게 된다. 형제자매들과 전혀 어울리지 못하고 늘 외따로 지내기를 즐긴다.

1965 다시 한 번 자폐증을 앓는다. 이를 계기로 그는 작가로서의 소명을 깨닫는다.

1966 세브르 고등학교를 거쳐 낭테르 대학교에 진학한다. 에마뉘엘 레비나스, 폴 리쾨르, 장 프랑수아 리오타르, 앙리 르페브르 등의 강의를 듣고, 레비나스의 지도 아래 그가 직접 정해준 제목이기도 한 '앙리 베르그송의 사상 속에 나타난 언어의 위상'이라는 논문을 계획하나, 68혁명의 와중에 대학 강단에 서고 싶다는 생각을 접으며 논문도 포기한다. 1966년에서 1969년까지 실존주의와 구조주의의 물결, 68혁명의 열기 속에서 철학을 공부했지만 "(획일화된) 유니폼을 입은 사상은 나랑 맞지 않는 것 같다"며 철학으로

부터 멀어지며, 이러한 이념들의 정신적 유산을 완강히 거부한다.

1968 가업인 파이프오르간 연주를 물려받을 생각을 하고, 아침에는 오르간 연주를 하고 오후에는 16세기 프랑스 시인 모리스 세브Maurice Scève의 Délie(idée의 철자 순서를 바꿔 쓴 아나그람)에 관한 에세이를 쓰기 시작한다. 갈리마르 출판사 도서 기획위원에 누가 있는지 알지 못한 채, 이 원고를 갈리마르 출판사에 보낸다. 그런데 답장 편지를 해온 것은 키냐르가 존경해 마지않던 작가 루이-르네 데포레Louis-René des Forêts였다. 데포레의 소개로 1968년 겨울부터 잡지 『레페메르L'Ephémère』에 참여한다. 여기서 미셸 레리스, 폴 셀랑(파울 첼란), 앙드레 뒤 부셰, 자크 뒤팽, 이브 본푸아, 알랭 베인슈타인, 가에탕 피콩, 앙리 미쇼, 피에르 클로소프스키 등을 만나게 된다. 나중에 에마뉘엘 레비나스도 『레페메르』에 합류한다.

1969 결혼을 하고, 뱅센 대학교와 사회과학연구원EHESS에서 잠시 고대 프랑스어를 가르치며, 첫 작품『말

	더듬는 존재*L'être du balbutiement*』를 출간한다. 이후, 확실한 시기는 알려진 바 없지만, 아버지가 되면서 이혼을 한다.
1976	갈리마르 출판사에서 편집자, 원고 심사위원의 일을 맡는다. 1989년에는 출간 도서 선정 심의위원으로 임명되었고, 이듬해인 1990년에는 출판 실무 책임자로 승진하여 1994년까지 업무를 계속한다.
1986	소설『뷔르템베르크의 살롱 *Le salon du Wurtemberg*』과 뒤이어 나온『샹보르의 계단 *Les escaliers de Chambord*』(1989)의 발표로 더 많은 독자에게 그의 이름을 알리기 시작한다.
1987	1987년부터 1992년까지 베르사유 바로크 음악 센터 임원으로 활동한다.
1990	단편소설, 에세이 등을 포함하여 20권 예정으로 기획한『소론집 *Petits traités*』중 제1권에서 제8권까지 총 8권이 마에그트 사에서 출간된다.
1991	소설『세상의 모든 아침 *Tous les matins du monde*』을 출간하고, 이 작품을 자신이 직접 시나리오로 각색

해 알랭 코르노Alain Corneau 감독과 함께 영화로도 만든다. 책은 18만 부가 팔렸으며 영화 또한 대성공을 거둔다.

1992 영화 「세상의 모든 아침」에서 생트 콜롱브의 제자인 마랭 마레의 음악 연주를 맡았던 조르디 사발Jordi Savall과 더불어 콩세르 데 나시옹을 주재한다.

필리프 보상, 프랑수아 미테랑 전 대통령 등과 함께 베르사유 바로크 예술 페스티벌을 창설하지만, 1년밖에 지속하지 못한다. 더욱이 이 페스티벌은 베르사유 바로크 음악 센터와는 별개의 것으로, 음악 센터에서 운영하는 베르사유 추계 음악 페스티벌과 경쟁 관계에 놓여 키냐르가 음악 센터의 임원직을 사임하는 이유가 된다.

1993 『혀끝에서 맴도는 이름 *Le nom sur le bout de la langue*』을 출간한다. 당시 언론에서는 이 작품을 일제히 아구스티나 이스키에르도Agustina Izquierdo의 두번째 소설인 『순수한 사랑』(첫번째 소설은 1992년에 발표된 『별난 기억』)과 나란히 소개하는데, 이스키에르도

가 키냐르의 가명일 것이라는 확신에 가까운 추측 때문이다.

1994   집필에만 열중하기 위해 모든 공직을 사임하고, 세상의 여백으로 물러나 스스로 파리의 은둔자가 된다.

1995   손가락에 이상이 생겨 악기 연주가 곤란해진다. 설상가상으로 조부와 부친에게서 물려받은 악기 스트라디바리우스를 모두 도난당하자 크게 상심하여 연주를 포기한다. 이후 음악을 연주하던 시간이 책읽기와 글쓰기에 바쳐진다.

1996   1월 『소론집』과 장편소설을 집필하던 중 갑작스러운 혈관 출혈로 응급실에 실려 갔다가 죽음의 문턱에서 귀환하는 경험을 한다. 이러한 경험을 전환점으로 그의 글쓰기는 크게 변화된다. "내 안에서 그 모든 장르가 무너졌다"고 말하며, 소설, 시, 에세이, 우화, 민화, 잠언, 단편, 이론, 인용, 사색, 몽상 등 그 모든 장르가 뒤섞인 혹은 그 어떤 장르도 아닌 그저 '문학'을 추구하게 된다.

건강을 회복한 후, 일본과 중국으로 여행을 떠난다.

	특히 장자의 고향인 중국 허난 성의 상추(商丘)를 방문했던 기억과 고대 중국 철학(도교)의 영향이 집필 중이던 『은밀한 생 Vie secrète』에 반영된다.
1998	새로운 글쓰기의 첫 결과물인 『은밀한 생』이 출간되고, '문인협회 춘계 대상'을 받는다.
2000	1월 『로마의 테라스 Terrasse à Rome』가 출간되고, 이 소설로 키냐르는 2000년 '아카데미 프랑세즈 소설 대상'과 '모나코의 피에르 국왕 상'을 동시 수상한다. 이로 인해 2억 4천만 원에 달하는 상금과 함께 출간 즉시 4만 부 이상 팔려나가는 큰 성공을 거둔다. 이후 1년 6개월 동안 죽음이 우려될 정도로 심한 쇠약 증세에 시달리면서, 연작으로 기획된 '마지막 왕국 Dernier royaume'의 집필에 들어간다. 시간, 공간, 성(性), 나이 등 그의 작품에 흐르는 주요 주제들을 다시 환기하고 사색하는 일종의 목록 작업이 될 '마지막 왕국' 연작은 그가 생을 마감하는 날까지 지속할 작업이라고 키냐르는 말한다.
2001	부친이 별세한다. 키냐르는 비로소 부친에게서 물

려받은 성(사회에 편입된 존재라는 표지)으로 인한 부담과 부친의 기대의 시선에서 풀려나 완전히 자유로워졌다고 고백한다.

2002 '마지막 왕국' 연작의 제1, 2, 3권 『떠도는 그림자들 Les ombres errantes』『옛날에 관하여 Sur le jadis』『심연들 Abîmes』을 동시 출간하고, 『떠도는 그림자들』로 공쿠르 상을 수상한다. 몇몇 아카데미 공쿠르 위원들은 소설 장르가 아닌 이 작품에 공쿠르 상을 수여하는 것에 흥분하며 반대했다. 그러나 지지자들은 바로 똑같은 이유로 흥분하며 찬성했다. 키냐르식의 탈(脫)장르적 혹은 범(凡)장르적 글쓰기는 예술은 '장르'라는 구축된 시스템에 무임승차하는 것이 아닌, 시스템을 내부에서 교란하고 궤멸하는 것이라는 문제의식을 확산시켰다. 엄청난 독서의 흔적이 작품에 고스란히 녹아 있는 키냐르의 글은 독자와 저자라는 구분법을 없애려는 열망을 드러내며, 그 독서의 축적인 박학을 '박학적 무지'로 승화, 절제하는 그의 작품 세계는 프랑스 현대 작가 중 그를 가장 중요한

작가로 손꼽는 데 주저하지 않게 만들었다. 『마가진 리테레르 Magazine littéraire』 조사에 따르면, 파스칼 키냐르는 현재 생존하는 프랑스 작가 중 대학에서 가장 많이 연구되는 작가이다.

2004 7월 10~17일 일주일에 걸쳐 숲과 성으로 장관이 수려한, 국제 학술회장으로 유명한 스리지라살 Cerisy-La-Salle에서 파스칼 키냐르 학술회가 열렸다. 학술회의 성과는 이듬해 『파스칼 키냐르, 한 문인의 얼굴 Pascal Quignard, figures d'un lettré』이라는 제목의 책으로 묶여 나왔다.

2005 '마지막 왕국'의 제4, 5권이라고 할 수 있는 『천상적인 것 Les paradisiaques』과 『더러운 것 Sordidissimes』을 발표한다. 성스러운 것과 불결한 것, 아름다운 것과 추한 것은 양립되지 않는다는 키냐르의 우주관과 예술관이 한 쌍과도 같은 두 권에 녹아 흐른다.

이전에 발표되었던 글들, 잡지에 실린 글들, 미발표 글들을 모두 모아 『덧없는 글들 Écrits de l'éphémère』이라는 제목으로 출간한다.

60여 쪽에 불과한 시집 같은 작은 분량의 『하계를 찾기 위하여 Pour trouver les enfers』를 발표한다. 오비디우스, 베르길리우스가 노래한 하계로 내려가는 오르페우스처럼 키냐르도 음(陰)의 세계로 내려간다.

2006 한동안 소설을 쓰지 않다가 소설 『빌라 아말리아 Villa Amalia』를 발표한다. 고독과 몸을 섞어 다시 태어나기 위해 모든 가족적·사회적 관계를 끊고 떠나는, 안 '이덴Hidden'의 이야기이다. 안은 어느 이탈리아 해안가 절벽의 빈집 '빌라 아말리아'와 만난다.

『사색(死色)인 아이 L'enfant au visage couleur de la mort』를 발표한다. 이미 이전에, 1976년 발표한 적 있는 『독자 Le lecteur』에 바로 뒤이어 써놓았던 이야기이다. 키냐르가 고안해낸 일종의 '우화 소나타'라고 할 수 있는 『시간의 승리 Triomphe du temps』를 발표한다. 2003년 키냐르의 『혀끝에서 맴도는 이름』을 연극으로 각색해 공연한 마리 비알Marie Vialle의 극을 '들었던' 날 저녁, 무언가 더 덧붙이고 싶은 열망으로 써내려간 몇 편의 다른 우화들을 모은 작은 책이다.

죽어도 다시 부활하기를 원하는 기독교 세계의 다윗과 죽어 없어져 완전 소멸하기를 원하는 고대 그리스 세계의 무녀(시빌레)가 주고받는 노래를 통해 생과 사를 노래하는 『레퀴엠』을 발표한다(작곡가 티에리 랑시노Thierry Lancino는 이 글을 음악적으로 해석하여 작곡한 작품을 발표, 2010년 1월 파리 살 플레옐에서 공연한다).

2007 『섹스와 공포 Le sexe et l'effroi』의 연작이라고 할 수 있는 『성적인 밤 La nuit sexuelle』을 출간한다. "우리가 수태되던 밤, 우리는 거기 없었다." 태생동물인 우리 모두에게 결핍되어 있는 유일한 이미지, 프로이트가 말하는 부모의 성교 순간, 그 '첫 장면'에 대한 탐색. 보슈, 뒤러, 렘브란트, 티치아노, 루벤스, 우타마로, 신윤복 등 성을 주제로 한 2백여의 그림이 함께 실려 있는 고급 장정본의 책이다.

2008 『부테스 Boutès』를 발표한다. 부테스는 아르고호 원정 단원 가운데 하나로, 키냐르는 다시 한 번 '무명의 신인'을 소개한다(마랭 마레에 가려 있던 스승 생트 콜

롱브를 세상에 알린 『세상의 모든 아침』처럼). 부테스는 오르페우스를 비롯, 세이렌의 치명적 소리에 유혹당하지 않고자 했던 다른 선원들과 달리 세이렌의 소리를 향해 바닷속으로 뛰어든 자이다. 부테스의 이 죽음을 향한 잠수를 생의 근원을 향한 도약으로 다시 풀어내며, 키냐르의 작품에 일관되게 흐르는 근원성 문제가 탐색된다.

소설 『빌라 아말리아』가 브누아 자코Benoit Jacquot 연출, 이자벨 위페르Isabelle Huppert 주연의 영화로 만들어진다.

2009 　'마지막 왕국' 연작 제6권 『조용한 나룻배 *La barque silencieuse*』를 발표한다. 그 어느 권보다 현대사회 문명에 대한 비판적인 함의가 짙다. 자아를 찾아라. 너대로 되어라. 그러나 그리 될 자아가 없다. 모두 가짜Self이기 때문이다. '레푸블리카' 사회의 오늘날 주체들은 이미 사회가 예속시킨 주체들이다. 사회는 모두 '동일한 것idem'이 되라고 한다. 결혼, 교육, 양심, 도덕, 지식, 부부관계, 죽음까지도 실로 주체적

인 것은 하나도 없다. 키냐르는 자살의 문제까지도 논의를 확장해 idem(同體) 아닌 진정한 ipse(自體)를 향한 길, 자아 해방을 위한 길을 모색한다.

2010 6월 17~19일, 키냐르가 함께 자리한 가운데, 파리 누벨 소르본 대학교의 미레유 칼-그뤼베르Mireille Calle-Gruber 교수가 기획한 '파스칼 키냐르, 예술의 폭에서 혹은 뮤즈에 의해 절단된 문학Pascal Quignard, au large des arts ou la littérature démembrée par les muses'이라는 제목의 학술회가 열린다. 이 자리에는 특히 키냐르의 작품에 영감받은 많은 예술가가 나와 직접 발제한다. 화가 발레리오 아다미Valerio Adami, 작곡가 미카엘 레비나스Michael Levinas, 극작가 발레르 노바리나Valère Novarina와 파스칼 키냐르의 대담이 진행되기도 하였으며, 영화 「세상의 모든 아침」의 음악과 연주를 맡았던 비올라 다 감바의 대가 조르디 사발이 몇 곡의 연주를 들려주기도 했다.

2011 1월 29일, 파리 19구 라빌레트 극장. 키냐르의 텍스트 『메데이아』와 일본 부토(舞踏)의 대가 카를로타 이

케다의 춤이 만났다. 키냐르가 먼저 어두운 무대 위, 작은 스탠드 불만 밝혀진 테이블 앞에서 에우리피데스의 환청이 들리는, 그가 다시 쓴 『메데이아』를 읽는다. "그녀가 나뉜다, 그녀는 생각에 잠긴다, 그녀가 찢긴다, 그녀는 생각에 잠긴다." 이케다가 키냐르의 음성을 이어받아 욕망과 점증의 파열을, 살과 혼의 찢김을, '메데이아'를 춘다. 이 공연 내용은 책 『메데이아 Medeia』로 다시 소개되었다.

소설 『신비한 결속 Les solidarités mystérieuses』을 발표한다.

『빌라 아말리아』의 안 이덴이 일체의 자기 소속지를 떠나 지중해 나폴리 만의 해안 절벽에 이르렀다면, 『신비한 결속』의 클레르는 음울한 브르타뉴 바닷가 마을로 귀향한다. 키냐르는 한 인터뷰에서 안 이덴의 탐색이 '의지적 volontaire'인 것이었다면, 클레르의 탐색은 '무의지적 involontaire'인 것, 거의 샤먼적인 것이라고 말한다.

클레르의 여행은 행복했던 유년 시절의 '곳'을 찾아

떠나는 노스탤지어 여행이 아니라, 뭔가에 운명적으로 덥석 물린 듯, 강렬한 벼락을 맞은 듯, 오히려 불행의 상처로 가득한 유년 시절의 '곳'으로 회귀하고, 그리고 죽는 연어의 여행이다. "두 사람 사이를 지배하는 감정은 사랑이 아니었다. 일종의 자동적 용서도 아니었다. 그것은 신비한 결속이었다. 어떤 순간, 어떤 구실, 어떤 사건으로 인해 그리 되라고 정해준 바 없는 연(緣)"(185쪽).

2012 '마지막 왕국' 제7권 『낙마한 자들 Les désarçonnés』을 발표한다. 블레즈 파스칼은 뇌이 다리에서 떨어져 죽을 뻔하다 살아났으며, 몽테뉴는 말에서 떨어져 두 시간 동안 의식을 잃었고, 사울은 다마스로 가는 길에서 말에서 떨어졌으며, 니체는 토리노에서 주인의 채찍을 얻어맞는 늙은 말의 고통스러운 눈빛을 보고 미친다. 서양 세계의 모든 가치가 뒤집어지는 것을 니체는 이날 보았다. 키냐르 역시 갑작스러운 혈관 출혈로 죽음의 문턱에서 귀환한다. 이들은 이 '사건' 후 삶이, 글쓰기가 완전히 바뀐다. 한 개인이,

혹은 한 사회가, 한 세계가 겪는 유일무이한 생(生) 과 사(死)의 갈림길. 그러나 가장 생명력 넘치는 전복의 찰나들을 환기하며, 키냐르는 "죽어가며 나날이 새로워지는" 생의 전복성을, 생의 유기성을 탐색한다. 키냐르는 『낙마한 자들』의 출간 인터뷰에서 자신을 인터뷰한 작가 제롬 가르생에게 이렇게 말했다. "나는 '나'라는 주어로 가득 차 있는 한 서양인이 되기를 멈추었습니다."

2013 『춤의 기원 L'origine de la danse』을 발표한다. 2011년 일본 부토의 대가 카를로타 이케다와 함께 공연한 「메데이아」에서 파생된, 근원적 '몸짓'에 관한 키냐르의 또 하나의 사색이다. 자식을 살해한 어미 '메데이아'의 광기를 '티모스' (리비도적 생명력)의 파종과 개화, 종말로 해석한 에우리피데스에 공감하는 키냐르는 땅속을 뚫고 들어갈 듯 온몸을 파열하는 부토의 몸짓을 생사의 생명력으로 해석한다. 그것은 또한 우리가 잃어버린 첫번째 왕국으로의 귀환 여행이기도 하다. 키냐르는 'Medeia' (메데이아)와 'midi'

(정오), 'méditer'(사색하다), 'médecine'(치료)이 같은 어원임을 잊지 않는다.

『솔페지오와 피아노 교습 Leçons de Solfège et de piano』『고양이들과 당나귀들의 후속 La Suite des chats et des ânes』 발표.

2014 『오늘날에 없는 이미지에 관하여 Sur l'image qui manque à nos jours』『고독자들의 공동체 개념에 관하여 Sur l'idée d'une communauté de solitaires』 발표.

7월 9일~16일 일주일 동안 프랑스 노르망디 지방의 스리지 성(CCIC)에서 "파스칼 키냐르: 전이들과 변신들(Translations et Métamorphoses)"이라는 주제로 파스칼 키냐르 국제학회 열림.

2015 『판단 비평 Critique du jugement』 발표.

작품 목록

L'être du balbutiement(Mercure de France, 1969)

Alexandra de Lycophron(Mercure de France, 1971)

La parole de la Délie(Mercure de France, 1974)

Michel Deguy(Seghers, 1975)

Écho, suivi d'Épistole d'Alexandroy(Le Collet de Buffle, 1975)

Sang(Orange Export Ldt., 1976)

Le lecteur(Gallimard, 1976)

Hiems (Orange Export Ldt., 1977)

Sarx (Maeght, 1977)

Les mots de la terre, de la peur, et du sol (Clivages, 1978)

Inter Aerias Fagos (Orange Export Ldt., 1979)

Sur le défaut de terre (Clivages, 1979)

Carus (Gallimard, 1979)

Le secret du domaine (Éd. de l'Amitié, 1980)

Les tablettes de buis d'Apronenia Avitia (Gallimard, 1984)

Le vœu de silence (Fata Morgana, 1985)

Une gêne technique à l'égard des fragments (Fata Morgana, 1986)

Ethelrude et Wolframm (Claude Blaizot, 1986)

Le salon du Wurtemberg (Gallimard, 1986)

La leçon de musique (Hachette, 1987)

Les escaliers de Chambord (Gallimard, 1989)

Albucius (P.O.L, 1990)

Kong Souen-long, sur le doigt qui montre cela (Michel Chandeigne, 1990)

La raison (Le Promeneur, 1990)

Petits traités, tomes I à VIII (Maeght, 1990)

Georges de la tour (Éd. Flohic, 1991)

Tous les matins du monde (Gallimard, 1991)

La frontière (Éd. Chandeigne, 1992)

Le nom sur le bout de la langue (P.O.L, 1993)

L'occupation américaine (Seuil, 1994)

Les septante (Patrice Trigano, 1994)

L'amour conjugal (Patrice Trigano, 1994)

Le sexe et l'effroi (Gallimard, 1994)

La nuit et le silence (Éd. Flohic, 1995)

Rhétorique spéculative (Calmann-Lévy, 1995)

La haine de la musique (Calmann-Lévy, 1996)

Vie secrète (Gallimard, 1998)

Terrasse à Rome (Gallimard, 2000)

Les ombres errantes (Grasset, 2002)

Sur le jadis (Grasset, 2002)

Abîmes (Grasset, 2002)

Tondo, avec Pierre Skira (Flammarion, 2002)

Inter Aerias Fagos, avec Valerio Adami (Galilée, 2005)

Les paradisiaques (Grasset, 2005)

Sordidissimes (Grasset, 2005)

Écrits de l'éphémère (Galilée, 2005)

Pour trouver les enfers (Galilée, 2005)

Villa Amalia (Gallimard, 2006)

L'enfant au visage couleur de la mort (Galilée, 2006)

Triomphe du temps (Galilée, 2006)

Requiem, avec Leonardo Cremonini (Galilée, 2006)

Le petit Cupidon (Galilée, 2006)

Quartier de la transportation, avec Jean-Paul Marcheschi (Éd. du Rouergue, 2006)

Cécile Reims Graveur de Hans Bellmer (Éd. du Cercle d'art, 2006)

La nuit sexuelle (Flammarion, 2007)

Boutès (Galilée, 2008)

La barque silencieuse (Seuil, 2009)

Lycophron et Zétès (Gallimard, 2010)

Medeia (Éditions Ritournelles, Bordeaux, 2011)

Les solidarité mystérieuses (Gallimard, 2011)

Les désarçonnés : collection littéraire dirigée par Martine Saada (Grasset, 2012)

L'Origine de la danse (Galilée, 2013)

Leçons de solfège et de piano (Arléa, 2013)